Gregório de Matos
Poemas atribuídos
Códice Asensio-Cunha

∞

Volume 4

João Adolfo Hansen
Marcello Moreira
EDIÇÃO E ESTUDO

Gregório de Matos
Poemas atribuídos
Códice Asensio-Cunha

Volume 4

autêntica

Copyright © 2013 João Adolfo Hansen e Marcello Moreira
Copyright © 2013 Autêntica Editora

Todos os direitos reservados pela Autêntica Editora. Nenhuma parte desta publicação poderá ser reproduzida, seja por meios mecânicos, eletrônicos, seja via cópia xerográfica, sem a autorização prévia da Editora.

CAPA
Diogo Droschi
(sobre imagem de Ulisse Aldrovandi)

DIAGRAMAÇÃO
Christiane Morais
Ricardo Furtado
Waldênia Alvarenga Santos Ataíde

REVISÃO
João Adolfo Hansen
Marcello Moreira

INDICAÇÃO E CONSULTORIA EDITORIAL
Joaci Pereira Furtado

EDITORA RESPONSÁVEL
Rejane Dias

Dados Internacionais de Catalogação na Publicação (CIP)
(Câmara Brasileira do Livro, SP, Brasil)

Gregório de Matos : Poemas atribuídos : Códice Asensio-Cunha, volume 4 / João Adolfo Hansen, Marcello Moreira [edição e estudo]. -- Belo Horizonte : Autêntica Editora, 2013.

ISBN 978-85-8217-301-5

1. Matos, Gregório de, 1633-1696 2. Poesia brasileira - Período colonial I. Hansen, João Adolfo. II. Moreira, Marcello.

CDD-869.91

Índices para catálogo sistemático:
1. Poesia : Período colonial : Literatura brasileira 869.91

Belo Horizonte
Rua Aimorés, 981, 8° andar . Funcionários
30140-071 . Belo Horizonte . MG
Tel.: (55 31) 3214 5700

São Paulo
Av. Paulista, 2073, Conjunto Nacional, Horsa I, 23° andar, Conj. 2301
Cerqueira César . São Paulo . SP . 01311-940
Tel.: (55 11) 3034 4468

Televendas: 0800 283 13 22
www.editoragutenberg.com.br

UNIVERSIDADE DE SÃO PAULO

Reitor
João Grandino Rodas

Vice-Reitor
Hélio Nogueira da Cruz

Faculdade de Filosofia, Letras e Ciências Humanas

Diretor
Sérgio França Adorno de Abreu

Vice-Diretor
João Roberto Gomes de Faria

Coordenador do Programa de
Pós-Graduação em Literatura Brasileira
Vagner Camilo

Este livro foi publicado por indicação e com apoio do
Programa de Pós-Graduação em Literatura Brasileira.

Códice Asensio-Cunha
– Quarto Volume

O quarto volume do *Códice Asensio-Cunha* encontra-se perdido, não se sabe há quanto tempo. James Amado utilizou-o para fins editoriais e o designa pela capital Y em sua edição. Como visamos a editar o *Códice* em sua totalidade e como as indicações da disposição dos poemas nos quatro volumes do *Asensio-Cunha* fornecidas por James Amado estão, no geral, corretas, decidimos ordenar, como já o fizera Francisco Topa antes de nós, os poemas de acordo com o número da página em que cada texto principiava. Esta lista de *incipit* é a que damos abaixo, conquanto tenhamos encontrado as mesmas incongruências já deparadas por Francisco Topa quando do preparo de sua edição. Assim, não constam de nenhum dos quatro volumes do *Códice Asensio-Cunha* os poemas "Babu: dai graças a Deus", "Brás pastor inda donzelo", "Nise, vossa formosura", "Que importa se desdenhada" e "Um reino de tal valor", este último poema de Tomas Pinto Brandão, como o próprio índice da edição James Amado o denomina. Francisco Topa assevera que esses devem ser poemas que James Amado decidiu inserir em sua edição, retirados de outros testemunhos por ele compulsados[1]. Os textos do quarto volume do *Códice Asensio-Cunha*, desse modo, tal como encontrados na edição James Amado, na medida em que são a única

---
[1] TOPA, Francisco. *Edição Crítica da Obra Poética de Gregório de Matos*. Vol. I, Tomo 1: Introdução, Recensio (1ª Parte). Porto: 1999, p. 95.

transcrição conhecida dos poemas que se encontravam nesse volume, devem ser considerados os únicos antígrafos em que novos editores possam basear-se para reconstituir a ordem textual do manuscrito perdido. James Amado, em sua lista de *incipit*, indicou, algumas poucas vezes, dois poemas como ocorrentes em uma mesma página de um mesmo volume do *Códice Asensio-Cunha*. Supôs-se, nesses casos, como já o fizera Francisco Topa, que uma dessas ocorrências era correspondente à posição da composição no quarto volume do *Códice*, verificando-se, nos volumes remanescentes, qual a exata composição que se encontrava na página indicada. As composições que Francisco Topa, desse modo, integrou ao quarto volume do *Códice Asensio-Cunha,* são as que seguem, e assim também o fizemos nós: 1) "Até aqui blasonou meu alvedrio"[2]; 2) "Como exalas, Penhasco, o licor puro"[3]; 3) "Dão agora em contender"[4]; 4) "Essas flores, que uma figa"[5]; 5) "Jogando Pedro, e Maria"[6]; 6) Que me queres, porfiado pensamento"[7].

---

[2] Como o declara Francisco Topa, "Relativamente aos testemunhos manuscritos deste soneto, o editor indica duas vezes o manuscrito L. 15-1 da Biblioteca do Itamarati. A primeira indicação (f. 16) está correcta, ao contrário do que acontece com a segunda (f. 414), o que prova que se trata de um lapso. Dado que ela se enquadra no índice reconstituído, decidimos aceitar esta segunda indicação como estando referida ao Códice Y (Idem, p. 96).

[3] No que toca a essa composição, Francisco Topa assim afirma: "Amado informa que consta do volume III, p. 35, o que não é verdade. Provavelmente, pretendia referir-se ao volume IV" (Idem, ibidem).

[4] Segundo Francisco Topa, "Diz o editor que o poema figura no volume III, p. 234, o que não está correcto. Uma vez mais, é bastante provável que quisesse referir-se ao volume IV" (Idem, ibidem).

[5] Segundo ainda Francisco Topa, "O editor indica que o texto vem no volume III, p. 90, o que não é verdade. Supomos tratar-se de um caso idêntico" (Idem, ibidem).

[6] Quanto a esta composição, Francisco Topa assevera: "Amado informa que consta do volume II, p. 283, o que efetivamente não acontece. Deverá ser um caso semelhante aos anteriores" (Idem, ibidem).

[7] Por fim, o editor português afirma o seguinte no que concerne a esta última composição: "Segundo o editor, viria no volume III, p. 260, o que está incorrecto. Estaremos perante uma situação idêntica às outras" (Idem, ibidem).

Lista dos *incipit* com atualização ortográfica:

Debuxo singular, bela pintura, [2]
Numa manhã tão serena [3]
Vejo-me entre as incertezas [5]
Não vi em minha vida a formosura, [6]
Se há de ver-vos quem há de retratar-vos, [7]
Pois os prados, as aves, as flores [8]
Anjo no nome, Angélica na cara, [11]
Cresce o desejo falta o sofrimento, [12]
Não te vás esperança presumida, [13]
Astro do prado, estrela nacarada [14]
Vemos a luz [ó caminhante, espera] [15]
Morreste, ninfa bela [15]
Alma ditosa, que na empírea corte [19]
Flor em botão nascida, e já cortada [20]
Sôbolos rios, sôbolas torrentes [21]
Errada a conclusão hoje conheça [22]
Ya que flor, mis Flores fui [23]
Muero por decir mi mal [25]
Largo em sentir, em respirar sucinto [27]
Dama cruel, quem quer que vós sejais [28]
Esperando uma bonança [29]
Ay de ti, pobre cuidado [33]
Como exalas, Penhasco, o licor puro, [35]
Suspiros, que pertendeis [36]
Ay de ti que en tus suspiros [38]
Sentir por solo sentir [40]
Como corres, arroio fugitivo? [43]
Ó tu do meu amor fiel traslado [44]
Renasce Fênix quase amortecida, [45]
Suspende o curso, ó Rio, retrocido [46]
Enfim, pois vossa mercê [47]
Alto: divino impossível [51]
A Deus vão pensamento, a Deus cuidado, [55]
Quem viu mal como o meu, sem meio ativo! [56]
Na parte da espessura mais sombria, [57]

Os dias se vão, [59]
Discreta, e formosíssima Maria, [62]
Discreta, e formosíssima Maria, [62]
Montes, eu venho outra vez [64]
Ó caos confuso, labirinto horrendo, [68]
Horas contando, numerando instantes, [69]
Amor, cego, rapaz, travesso, e zorro, [70]
Morro de desconfianças, [71]
Ardor em coração firme nascido! [75]
Lágrimas afetuosas [76]
Corrente, que do peito desatada [80]
Não sei, em qual se vê mais rigorosa [81]
Saudades, que me quereis, [82]
Nos últimos instantes da partida, [85]
À margem de uma fonte, que corria [86]
Vês, Gila, aquel farol de cuja fuente [87]
Que presto el tiempo, me ha mostrado [88]
Ai, Lise, quanto me pesa, [88]
Essa flores , que uma figa [90]
Perdoai-me, meus amores, [91]
Amar sin tener que dar, [93]
Enfermou Clóri, Pastores, [96]
Dizei, queridos amores, [98]
De uma dor de garganta adoecestes, [99]
Vão-se as horas, cresce o dia, [100]
Puedes, Rosa, dejar la vanidad; [102]
Depois de mil petições [104]
Dizem, por esta comarca, [107]
Podeis desafiar com bizarria [109]
De uma Moça tão ingrata [113]
Fui ver a fonte da roça, [116]
Tenho-vos escrito assaz, [118]
Menina: estou já em crer, [122]
Se é por engano esse riso [125]
Ao Velho, que está na roça, [128]
Se mercê me não fazeis [129]
Senhora Beatriz: foi o demônio [131]

Aqui d'El Rei que me matam [132]
Campos bem-aventurados, [134]
Que fostes meu bem, mostrastes, [136]
Mi recelo me decía [139]
Forasteiro descuidado, [141]
Casai-vos, Brites, embora, [142]
Vós casada, e eu vingado, [147]
Não me culpes, Filena, não de ingrato, [150]
Seres formosa, Teresa, [150]
Deixei a Dama, a outrem, mas que fiz? [151]
Olá digo: ó vós Teresa, [153]
Por esta rua Teresa [158]
Na roça os dias passados [161]
Tetê sempre desabrida [164]
Quem viu cousa como aquela, [165]
Que todo o bem se faria [166]
Graças a Deus, que logrei, [169]
Os zelos, minha Teresa, [172]
Desmaiastes, meu bem, quando uma vida [174]
Se a gostos tiras, Clóris, uma vida, [175]
Teresa, muito me prezo [176]
Eu vi, Senhores Poetas, [179]
Ontem quando te vi, meu doce emprego, [184]
Maricas, quando te eu vi, [185]
Tenho por admiração, [186]
Os versos que me pedis, [189]
Se tomar minha pena em penitência [193]
Enfermou Clóri, Pastores, [195]
Não me queixo de ninguém, [198]
Está presa uma Dama no Xadrez, [201]
Na gaiola episcopal [202]
Eugênia, convosco falo, [206]
Cada dia vos cresce a formosura, [208]
Babu: como há de ser isto? [212]
Ontem para ressurgir [216]
Pobre de ti, Barboleta, [219]
Deus vos dê vida, Babu, [221]

Fui, Babu, à vossa casa [223]
Já vos ides, ai meu bem! [224]
Babu: o ter eu caído, [226]
O lavar depois importa, [228]
Dão agora em contender [234]
Retratar ao bizarro [236]
Quando lá no ameno prado [239]
Peregrina Florência Portuguesa, [241]
Flores na mão de uma flor, [242]
Quem me engrandece por flor, [244]
Bela Floralva, se Amor [245]
Senhor Abelha, se Amor [247]
Não me farto de falar, [248]
Ser decoroso amante, e desprezado [250]
Floralva: que desventura [250]
Por glória e não desventura [252]
Já desprezei, sou hoje desprezado, [254]
Querido um tempo, agora desprezado, [255]
Querida amei, prossigo desdenhada, [257]
Amar não quero, quando desdenhada [258]
Que me queres, porfiado pensamento, [260]
Senhora Florenciana, isto me embaça [261]
Ausentou-se Floralva, e ocultou [262]
Ó dos cerúleos abismos: [263]
Entre, Ó Floralva, assombros repetidos [267]
Dos vossos zelos presumo, [268]
Tão depressa vos dais por despedida, [270]
Chorai, tristes olhos meus, [271]
Dá-me amor a escolher [273]
Quis ir à festa da Cruz [275]
Inácia, vós que me vedes [278]
A ser bela a formosura, [280]
Pariu numa madrugada [282]
Jogando Pedro, e Maria [283]
Branca em mulata retinta, [285]
Ontem ao romper da Aurora, [287]
Namorei-me sem saber [290]

Que não vos enganais, digo, [290]
Dize a Betica que quando [293]
Betica: a bom mato vens [296]
Culpa fora, Brites bela, [299]
Toda a noite me desvelo [300]
Um Sansão de caramelo [303]
Dá-me, Betica, cuidado, [305]
Betica: a vossa charola [308]
Betica: que dó é esse, [310]
Por vida do meu Gonçalo, [311]
Ai, Custódia! sonhei, não sei se o diga: [313]
Sabei, Custódia, que Amor [314]
Fui hoje ao campo da Palma, [318]
Agora que sobre a cama [320]
Mando buscar a resposta [324]
Fui por amante ferido, [327]
Ser um vento a nossa idade [329]
Caquenda, o vosso Jacó [333]
Brásia: aqui para entre nós [337]
Marta: mandai-me um perdão [341]
Que cantarei eu agora, [343]
Jelu, vós sois rainha das Mulatas, [345]
Por estar na vossa graça [346]
Carira, porque chorais? [351]
Corre por aqui uma voz, [354]
Diz, que a mulher da buzeira [356]
Foi com fausto soberano [362]
Uma com outra são duas [371]
Vamos cada dia à roça, [374]
Senhora Donzela: à míngua [376]
Muito mentes, Mulatinha, [379]
Querendo obrigar-me Amor [382]
Senhora, é o vosso pedir [384]
Só vós, Josefa, só vós [386]
Inda que de eu mijar tanto gosteis, [392]
Catona, Ginga, e Babu, [393]
Hoje em dia averiguou-se [394]

Para que seja perfeito [395]
Mandou-me o filho da pu- [397]
Trique, trique, zapete zapete [400]
Estava Clóris sangrada, [401]
Sobre esta dura penha, [405]
Busco a quem achar não posso [408]
Gileta siempre cruel, [408]
Aquele não sei quê, que Inês te assiste [409]
Filena: eu que mal vos fiz, [410]
Este cabello, que ahora [412]
Não me maravilha não, [413]
Até aqui blasonou meu alvedrio, [414]
Vês esse Sol de luzes coroado? [415]
Rubi, concha de perlas peregrina, [416]
Dizem, que é mui formosa Dona Urraca [417]
Adormeci ao som do meu tormento: [418]
Vossa boca para mim [422]
O craveiro, que dizeis, [423]
Parti, coração, parti, [425]
Devem de ter-me aqui por um Orate [427]
Vós dizeis, que arromba, arromba: [428]
Duas horas o caralho [430]
Manas, depois que sou Freira [431]
As excelências do cono [432]
O Caralho do Muleiro [434]
O cono é fortaleza, [436]
Do meu Damo estou contente, [439]
Ó meu pai, tu qués, que eu morra? [441]
Descarto-me da tronga, que me chupa, [442]
Quisera, Senhor Doutor [443]
Senhora Dona formosa, [444]
Quer-me mal esta cidade [449]
Dá-mas, Mana, que tas dou, [451]
Uma Helena por garbosa [453]
Mandai-me, Senhores hoje [455]
Fui, Betica, à vossa casa [465]
Não quero mais do que tenho [467]
Para que nasceste, rosa, [468]

Matos
da Bahia

4º Tomo

Poesias Amorosas, Respeitando as Qualidades e Prosseguindo com as Damas de Menos Conta, e Incertas com Alguns Assuntos Soltos, e Desonestos

1 [2]
Ao mesmo assunto.

Soneto

Debuxo singular, bela pintura,
Adonde a Arte hoje imita a Natureza,
A quem emprestou cores a Beleza,
A quem infundiu alma a Formosura.

Esfera breve: aonde por ventura
O Amor, com assombro, e com fineza
Reduz incompreensível gentileza,
E em pouca sombra, muita luz apura.

Que encanto é este tal, que equivocada
Deixa toda a atenção mais advertida
Nessa cópia à Beleza consagrada?

Pois ou bem sem engano, ou bem fingida
No rigor da verdade estás pintada,
No rigor da aparência estás com vida.

2 [3]

Viu uma manhã de Natal as três irmãs, a cujas vistas fez as seguintes décimas.

Décimas

1
Numa manhã tão serena
como entre tanto arrebol
pode caber tanto sol
em esfera tão pequena?
quem aos pasmos me condena
da dúvida há de tirar-me,
e há de mais declarar-me,
como pode ser ao certo
estar eu hoje tão perto
de três sóis, e não queimar-me.

2
Onde eu vi duas Auroras
com tão claros arrebóis,
que muito visse dois sóis
nos raios de três Senhoras:
mas se as matutinas horas,
que Deus para aurora fez,
tinham passado esta vez,
como pode ser, que ali
duas auroras eu vi,
e os sóis eram mais de três?

3
Se lhes chamo estrelas belas,
mais cresce a dificuldade,

pois perante a majestade
do sol não luzem estrelas:
seguem-se-me outras sequelas,
que dão mais força à questão,
com que eu nesta ocasião
peço à Luz, que me conquista,
que ou me desengane a vista,
ou me tire a confusão.

4
Ou eu sou cego em verdade,
e a luz dos olhos perdi,
ou tem a luz, que ali vi,
mais questão, que a claridade:
cego de natividade
me pode o mundo chamar,
pois quando vim visitar
a Deus em seu nascimento,
me aconteceu num momento,
vendo a três luzes, cegar.

[5]
Ao mesmo assunto.

Décima

Vejo-me entre as incertezas
de três Irmãs, três Senhoras,
se são três sóis, três auroras,
três flores, ou três belezas:
para sóis têm mais lindezas
que aurora mais resplandor,
muita graça para flor,
e por final conclusão
três enigmas do Amor são,
mais que as três cidras do Amor.

4 [6]

Pondera agora com mais atenção a formosura de Dona Ângela.

Soneto

Não vi em minha vida a formosura,
Ouvia falar nela cada dia,
E ouvida me incitava, e me movia
A querer ver tão bela arquitetura.

Ontem a vi por minha desventura
Na cara, no bom ar, na galhardia
De uma Mulher, que em Anjo se mentia,
De um Sol, que se trajava em criatura.

Me matem (disse então vendo abrasar-me)
Se esta a cousa não é, que encarecer-me,
Saiba o mundo, e tanto exagerar-me.

Olhos meus (disse então por defender-me)
Se a beleza hei de ver para matar-me,
Antes, olhos, cegueis, do que eu perder-me.

5 [7]

Retrata o poeta as perfeições de sua senhora à imitação de outro soneto que fez Felipe IV a uma dama somente com traduzi-lo na língua portuguesa.

Soneto

Se há de ver-vos, quem há de retratar-vos,
E é forçoso cegar, quem chega a ver-vos,
Se agravar meus olhos, e ofender-vos,
Não há de ser possível copiar-vos.

Com neve, e rosas quis assemelhar-vos,
Mas fora honrar as flores, e abater-vos:
Dois zéfiros por olhos quis fazer-vos,
Mas quando sonham eles de imitar-vos?

Vendo, que a impossíveis me aparelho,
Desconfiei da minha tinta imprópria,
E a obra encomendei a vosso espelho.

Porque nele com Luz, e cor mais própria
Sereis (se não me engana o meu conselho)
Pintor, Pintura, Original, e Cópia.

[8]

No dia em que fazia anos esta divina beleza; este portento de formosura Dona Ângela, por quem o poeta se considerava amorosamente perdido, e quase sem remédio pela grande impossibilidade de poder lograr seus amores: celebra obsequiosa, e primorosamente suas florentes primaveras com esta lindíssima canção.

Canção

1
Pois os prados, as aves, as flores
ensinam amores,
carinhos, e afetos:
venham correndo
aos anos felizes,
que hoje festejo:
Porque aplausos de amor, e fortuna
celebrem atentos
as aves canoras
as flores fragrantes
e os prados amenos.

2
Pois os dias, as horas, os anos
alegres, e ufanos
dilatam as eras;
venham depressa
aos anos felizes,
que Amor festeja.
Porque aplausos de amor, e fortuna
celebrem deveras
os anos fecundos,

os dias alegres,
as horas serenas.

3
Pois o Céu, os Planetas, e Estrelas
com Luzes tão belas
auspiciam as vidas,
venham luzidas
aos anos felizes
que Amor publica.
Porque aplausos de amor, e fortuna
celebrem um dia
a esfera imóvel,
os astros errantes,
e as estrelas fixas.

4
Pois o fogo, água, terra, e os ventos
são quatro elementos,
que alentam a idade,
venham achar-se
aos anos felizes
que hoje se aplaudem.
Porque aplausos de amor, e fortuna
celebrem constantes
a terra florida,
o fogo abrasado,
o mar furioso,
e as auras suaves.

[11]

Rompe o Poeta com a primeira impaciência querendo declarar-se e temendo perder por ousado.

Soneto

Anjo no nome, Angélica na cara,
Isso é ser flor, e Anjo juntamente,
Ser Angélica flor, e Anjo florente,
Em quem, senão em vós se uniformara?

Quem veria uma flor, que a não cortara
De verde pé, de rama florescente?
E quem um Anjo vira tão luzente,
Que por seu Deus, o não idolatrara?

Se como Anjo sois dos meus altares,
Fôreis o meu custódio, e minha guarda,
Livrara eu de diabólicos azares.

Mas vejo, que tão bela, e tão galharda,
Posto que os Anjos nunca dão pesares,
Sois Anjo, que me tenta, e não me guarda.

8 [12]

Segunda impaciência do poeta.

Soneto

Cresce o desejo, falta o sofrimento,
Sofrendo morro, morro desejando,
Por uma, e outra parte estou penando
Sem poder dar alívio a meu tormento.

Se quero declarar meu pensamento,
Está-me um gesto grave acobardando,
E tenho por melhor morrer calando,
Que fiar-me de um néscio atrevimento.

Quem pertende alcançar, espera, e cala,
Porque quem temerário se abalança,
Muitas vezes o amor o desiguala.

Pois se aquele, que espera sempre alcança,
Quero ter por melhor morrer sem fala,
Que falando, perder toda esperança.

[13]
Fala o Poeta com sua esperança.

Soneto

Não te vás, esperança presumida,
A remontar a tão sublime esfera,
Que são as dilações dessa quimera
Remora para o passo desta vida.

Num desengano acaba reduzida
A larga propensão, do que se espera,
E se na vida o adquirir te altera,
Para penar na morte te convida.

Mas voa, inda que breve te discorres,
Pois se adoro um desdém, que é teu motivo,
Quando te precipitas, me discorres.

Que me obriga meu fado mais esquivo,
Que se eu vivo da causa, de que morres,
Que morras tu da causa, de que vivo.

[14]

Ausente o Poeta daquela casa, faleceu Dona Teresa uma das irmãs, e com esta notícia se achou o Poeta com Vasco de Souza a pêsames, onde fez o presente soneto.

Soneto

Astro do prado, Estrela nacarada
Te viu nascer nas margens do Caípe
Apolo, e todo o coro de Aganipe,
Que hoje te chora rosa sepultada.

Por rainha das flores aclamada
Quis o prado, que o cetro participe
Vida de flor, adonde se antecipe
Aos anos a gadanha coroada.

Morrer de flor é morte de formosa,
E sem junções de flor nasceras peca,
Que a pensão de acabar te fez pomposa.

Não peca em fama, quem na morte peca,
Nácar nasceste, e eras fresca rosa:
O vento te murchou, e és rosa seca.

[15]
Epitáfio à mesma beleza sepultada.

Vemos a luz (ó caminhante espera)
De todas, quantas brilham, mais pomposa,
Vemos a mais florida Primavera,
Vemos a madrugada mais formosa:
Vemos a gala da luzente esfera,
Vemos a flor das flores mais lustrosa
Em terra, em pó, em cinza reduzida:
Quem te teme, ou te estima, ó morte, olvida.

[15]

Lisonjeia o Poeta a Vasco de Souza fazendo em seu nome esta lacrimosa nênia.

Endecha

Morreste, Ninfa bela,
na florescente idade:
nasceste para flor,
como flor acabaste.

Viu-te a Alva no berço,
a Véspora no jaspe,
mimo foste da Aurora,
a lástima da tarde.

O nácar, e os alvores
da tua mocidade
foram, se não mantilhas,
mortalha a teus donaires.

Ó nunca flor nasceras,
se imitando-as tão frágil,
no âmbar de tuas folhas
te ungiste, e te enterraste.

Morreste, e logo Amor
quebrou arco, e carcases;
que muito se lhe faltas,
que logo se desarme?

Ninguém há neste monte,
ninguém naquele vale,

o cortesão discreto,
o pastor ignorante:

Que teu fim não lamente,
dando aos quietos ares
já fúnebres endechas,
já trágicos romances.

O eco, que responde
a qualquer voz do vale,
já agora só repete
meus suspiros constantes.

A árvore mais forte,
que gemia aos combates
do vento, que a meneia
ou do raio, que a parte,

Hoje geme, hoje chora
com lamento mais grave
forças da tua estrela
mais que a força dos ares.

Os Ciprestes já negam
às aves hospedagem,
porque gemendo tristes,
andam voando graves.

Tudo enfim se trocou,
montes, penhas, e vales,
o penedo insensível,
o tronco vegetável.

Só eu constante, e firme
choro o teu duro transe,

o mesmo triste sempre
por toda a eternidade.

Ó alma generosa,
a quem o Céu triunfante
usurpou a meus olhos
para ser lá deidade.

Aqui onde o Caípe
já te erigiu altares
por Deusa destes montes,
e por flor destes vales:

Agrário o teu Pastor
não te forma de jaspes
sepulcro a tuas cinzas
túmulo a teu cadáver.

Mas em lágrimas tristes,
e suspiros constantes
de um mar tira dois rios,
de um rio faz dois mares.

[19]

Lisonjeia os sentimentos de Dona Vitória com este soneto feito em seu nome.

Soneto

Alma ditosa, que na empírea corte
Pisando estrelas vais de sol vestida,
Alegres com te ver fomos na vida,
Tristes com te perder somos na morte.

Rosa encarnada, que por dura sorte
Sem tempo do rosal foste colhida,
Inda que melhoraste na partida,
Não sofre, quem te amou, pena tão forte.

Não sei, como tão cedo te partiste
Da triste Mãe, que tanto contentaste,
Pois partindo-te, a alma me partiste.

Ó que cruel comigo te mostraste!
Pois quando à maior glória te subiste,
Então na maior pena me deixaste.

[20]

Lisonjeia o sentimento de Francisco Muniz de Souza seu irmão fazendo em seu nome este soneto.

Soneto

Flor em botão nascida, e já cortada,
Tiranamente murcha em flor nascida,
Que nos primeiros átomos da vida,
Quando apenas sois nada, não sois nada.

Quem vos despiu a púrpura corada?
Como assim da beleza estais despida?
Mas ah Parca cruel! Morte atrevida!
Por que cortaste a flor mais engraçada?

Porém que importa, bem que me desvela
Na flor o golpe, se maior ventura
Vos prometo no Céu, bela Teresa.

De flor ao Céu passais a ser estrela,
E não perde de flor a formosura,
Quem no Céu melhor flor logra a beleza.

[21]

Pertende o Poeta consolar o excessivo sentimento de Vasco de Souza com este soneto.

Soneto

Sôbolos rios, sôbolas torrentes
De Babilônia o Povo ali oprimido
Cantava ausente, triste, e afligido
Memórias de Sião, que tem presentes.

Sôbolas do Caípe águas correntes
Um peito melancólico, e sentido
Um anjo chora em cinzas reduzido,
Que são bens reputados sobre ausentes.

Para que é mais idade, ou mais um ano,
Em quem por privilégio, e natureza
Nasceu flor, a quem um sol faz tanto dano?

Vossa prudência pois em tal dureza
Não sinta a dor, e tome o desengano
Que um dia é eternidade da beleza.

[22]

À vista do excesso de Vasco de Souza pondera o Poeta, que o verdadeiro amor, ainda tirada a causa não cessa nos efeitos, contra a regra de Aristóteles.

Soneto

Errada a conclusão hoje conheça
O Mestre, que mais douto na ciência
Nos deixou em prolóquio sem falência,
Que em a causa cessando, o efeito cessa.

Porque a dor de um Magoado nos confessa,
Que arrastou a Beleza com violência,
Que o que efeito causara uma assistência,
Apartado da causa então começa:

Apartada a Beleza inda lhe causa
Um efeito tão forte, que suspeito,
Que não tem inda a causa feito pausa.

Porque já em domínios de seu peito,
Se na vida a rendia como causa,
Hoje o vence na morte pelo efeito.

17 [23]

Lisonjeia finalmente o Poeta com estas moralidades tristes de uma vida florescente pelas frias vozes aquela sepultada beleza sua formosas irmãs, avivando-lhe os motivos da dor.

MOTE
Ya que flor, mis Flores, fui
vuestro ejemplo ahora soy,
pues de flor a sol subi,
y hoy de mi aún sombras doy.

Décimas

1
En flor, mis Flores, se muere,
quien en la vida fue flor,
que es la muerte con rigor
de las Flores Malmequiere:
quien de vosotras se huviere
desconocido hasta aqui,
su triste flor vea en mi
como en un puro cristal,
que espejo soy de su mal,
ya que flor, mis Flores, fui.

2
Triunfar, Flores, en efecto
ya me visteis de la suerte,
si mal me quiso la muerte,
siempre he sido Amor perfecto:
desengañada os prometo
de la ceniza, en que estoy,

pues al sepulcro me voy,
Flores, para que nací,
que si Perpetua no fui,
Vuestro ejemplo ahora soy.

3
De aqueste jardín de Flora,
que flagra oloroso aliento,
ya fui gallardo elemento,
ya fui bellísima aurora:
pero, mis Flores, ahora
nada soy, de lo que fui,
bien que los hábitos di,
con que a los astros llegué,
y en el cielo me quedé,
Pues de flor a sol subi.

4
Alerta, Flores, que airada
la muerte usurpa las flores,
en quien colores, y olores
son ejemplos de la nada:
alerta pues que postrada
mis brios llorando estoy;
lo que va de ayer a hoy
aprended de un muerto sol,
que ayer cándido arrebol,
y hoy de mi aún sombras doy.

18 [25]

Desta vez se deixou o poeta esquecer naquela casa, esperando ocasião de declarar-se, e sempre se acobardou à vista da causa, sempre em lutas com o amor, e respeito.

MOTE
Muero por dizir mi mal,
Va me la vida en callar.

Décimas

1
Dos veces muerto me hallo
de los arpones de Amor,
una al decir mi dolor,
y otra vez cuándo lo callo.
No sé como remediarlo,
pues su implicación es tal,
que haces mi dolor mortal,
y con peligro tan fiero,
que cuándo por callar muero,
Muero por decir mi mal.

2
Aqui el contrario no es medio
de curar a su contrario,
porque el remedio ordinario
no es para mi mal remedio:
yo tengo un azar, un tedio
a todo, lo que es sanar,
porque todo es peligrar;
si callo, pierdo la vida,
y si digo, mi homicida,
Va me la vida en callar.

[27]

Admirável expressão que faz o poeta de seu atencioso silêncio.

Soneto

Largo em sentir, em respirar sucinto
Peno, e calo tão fino, e tão atento,
Que fazendo disfarce do tormento
Mostro, que o não padeço, e sei, que o sinto.

O mal, que fora encubro, ou que desminto,
Dentro no coração é, que o sustento,
Com que para penar é sentimento,
Para não se entender é labirinto.

Ninguém sufoca a voz nos seus retiros;
Da tempestade é o estrondo efeito:
Lá tem ecos a terra, o mar suspiros.

Mas ó do meu segredo alto conceito!
Pois não me chegam a vir à boca os tiros
Dos combates, que vão dentro no peito.

20 [28]

Terceira impaciência dos desfavores de sua senhora.

Soneto

Dama cruel, quem quer que vós sejais,
Que não quero, nem posso descobrir-vos,
Dai-me agora licença de arguir-vos,
Pois para amar-vos tanto me negais.

Por que razão de ingrata vos prezais,
Não pagando-me o zelo de servir-vos?
Sem dúvida deveis de persuadir-vos
Que a ingratidão a formosenta mais.

Não há cousa mais feia na verdade;
Se a ingratidão aos nobres envilece,
Que beleza fará uma fealdade?

Depois que sois ingrata, me parece
Torpeza hoje, o que ontem foi beldade
E flor a ingratidão, que em flor fenece.

21 [29]

Encarece o Poeta a graça e a bizarria com que sua senhora desembarcou a seus olhos e foi levada por quatro escravos.

Décimas

1
Esperando uma bonança,
cansado já de esperar
um pescador, que no mar
tinha toda a confiança:
receoso da tardança
de um dia, e mais outro dia
pela praia discorria,
quando aos olhos de repente
uma onda lhe pôs patente,
quanto uma ausência encobria.

2
Entre as ondas flutuando
um vulto se divisava,
sendo, que mais flutuava,
quem por ela está aguardando:
e como maior julgando
o tormento da demora
como se Leandro fora,
lançar-se ao mar pertendia,
quando entre seus olhos via
quem dentro em seu peito mora.

3
Mora em seu peito uma ingrata
tão bela ingrata, que adrede

pescando as demais com rede,
ela só com a vista mata:
as redes, de que não trata
vinha agora recolhendo;
porque como estava vendo
todo o mar feito uma serra,
vem pescar almas à terra,
de amor pescadora sendo.

4
Logo que à praia chegou,
tratou de desembarcar,
mas sair o sol do mar
só esta vez se admirou:
tão galharda enfim saltou,
que quem tão galharda a via,
justamente presumia,
para mais abono seu,
que era Vênus, que nasceu
do mar, pois do mar saía.

5
Pôs os pés na branca areia,
que comparada c'os pés
ficou pez, em que lhe pês,
porque em vê-la a areia areia:
pisando a margem, que alheia
de um arroio os dois extremos,
todos julgamos, e cremos
Galateia a Ninfa bela,
pois bem que vimos a Estrela,
fomos cegos Polifemos.

6
Toda a concha, e toda a ostrinha,
que na praia achou, a brio,

mas nenhum aljôfar viu,
que todos na boca tinha:
porém se em qualquer conchinha
pérolas o sol produz,
daqui certo se deduz,
que onde quer, que punha os olhos,
produz pérolas a molhos
pois de dois sóis logra a luz.

7
Em uma portátil silha
ocaso a seu sol entrou,
e pois tal peso levou,
não sentiu peso a quadrilha:
vendo tanta maravilha
tanta luz de monte a monte,
abrasar-se o Horizonte,
temi com tanto arrebol,
pois sobre as Pias do sol
ia o carro de Faetonte.

22 [33]

Outra vez o assaltam novos pensamentos de declarar-se e temer.

Décimas

MOTE
Ay de ti, pobre cuidado,
que en la cárcel del silencio
has de tener tu razón,
porque lo manda el respeto.

1
Si por fuerza del respeto,
o flojedad de albedrío
naciste, cuidado mío,
tan cautivo, y tan sujeto:
y aún eres tan indiscreto,
que de necio, y porfiado
quieres por lo bien hablado
librar tu inocencia mucha,
con quien te riñe y no escucha,
Ay de ti, pobre cuidado.

2
Cesa, y serás escuchado,
que en la queja de un tormento
las voces se lleva el viento,
no el alivio, que es passado:
calla, y no hables deslumbrado
al dueño, a quien reverencio,
y sin la quietud, que agencio,

conviene, que mí razón
se prenda, que más prisión,
Que en la cárcel del silencio.

3
Mi concejo esto contiene,
y porque mejor se entienda,
antes la razón se prenda,
que quien la razón se tiene:
la prudencia lo previene
con viva demostración:
tener quieres duración?
luego debes entender,
que para razón tener
Has de tener tu razón.

4
Y pues decirla es perderla,
porque hablada va perdida,
tenla en tu pecho escondida,
que así vendrás a tenerla:
no temas el no entenderla
de tu silencio el objeto:
pues callando te prometo,
que en prueba de mis lealdades
sepan, que callé verdades,
Porque lo manda el respeto.

23 [35]

À vista de um penhasco que vertendo frigidíssimas águas lhe chamam no Caípe a Fonte do Paraíso, imagina agora o Poeta menos tolerável a sua dissimulação.

Soneto

Como exalas, Penhasco, o licor puro,
Lacrimante a floresta lisonjeando,
Se choras por ser duro, isso é ser brando,
Se choras por ser brando, isso é ser duro.

Eu, que o rigor lisonjear procuro,
No mal me rio, dura penha, amando;
Tu, penha, sentimentos ostentando,
Que enterneces a selva, te asseguro.

Se a desmentir objetos me desvio,
Prantos, que o peito banham, corroboro
De teu brotado humor, regato frio.

Chora festivo já, ó cristal sonoro,
Que quanto choras, se converte em rio,
E quanto eu rio, se converte em choro.

24 [36]

Com o exemplo do lacrimoso penhasco entra a suspirar, faz pausa, e resolve ultimamente prosseguir, resgatando o silêncio à nobreza da causa.

....

Redondilhas

Suspiros, que pertendeis
Com tanta despesa de ais,
Se quando um alívio achais,
todo um segredo rompeis?

Não vedes, que a opinião
sente o segredo rompido,
quando no alívio adquirido
consta a sua perdição?

Não vedes, que se acompanha
o desafogo do peito,
mais se perde no respeito,
do que no alívio se ganha?

Não vedes, que o suspirar
diminui o sentimento,
usurpando ao rendimento
tudo, quanto dais ao ar?

Mas direis, que uma tristeza
publica a sua desgraça,
porque o silêncio não faça
inútil sua fineza.

Direis bem, que o padecer
da beleza é pundonor,

e guardar segredo à dor
será agravar seu poder.

Eia, pois, coração louco,
suspirai, dai vento ao vento,
que tão grande sentimento
não periga com tão pouco.

Quem disser, que suspirais
por dar à dor desafogo,
dizer-lhe, que tanto fogo
ao vento se acende mais.

Não caleis, suspiros tristes,
que importa pouco o segredo
e jamais me vereis ledo,
como algum tempo me vistes.

25 [38]

Em contraposição do que resolveu, se entrega o Poeta novamente ao silêncio, respeitando, a que os suspiros posto que consolação, não aliviam por menos nobres.

MOTE
Ay de ti, que en tus suspiros
has de lograr el consuelo,
no el alivio, que es culpar
la atención del rendimiento.

Décimas

1
Corazón: siente tu anhelo,
que quien gime en su tormento,
no hace agravio al sentimiento,
si hallo en sentir consuelo:
gime dentro en tu desvelo,
que ni te oigan tus retiros,
mas si la nota hace tiros,
ay de ti, que en tus razones
faltas a las sumisiones?
Ay de ti, que en tus suspiros!

2
Ay de ti, pobre cuidado,
que en un suspiro sentido
si ganas lo divertido
no pierdes lo desdichado!
ay de ti, que desahogado
al aire vital del cielo

no creo, que en tu desvelo
algún alivio consigas,
ni pienso, que en tus fadigas
Has de lograr el consuelo.

3
Si el consuelo se quedó,
en quien suspira, en quien llora,
quede el consuelo en buen hora,
mas el alivio eso no:
el consuelo podré yo
en un triste asegurar
que el dar suspiros al viento
es culpa del sentimiento
No el alivio, que es culpar.

4
No se alivia, el que suspira,
si gimiendo se consuela,
que como el gimir anhela,
del alivio se retira:
ten pues, cuidado, la mira,
en que no floja el tormento,
viva intacto el sentimiento,
que bien el decoro observa,
quien siente, calla, y reserva
la atención del rendimiento.

26 [40]

Porfia o Poeta em louvar seu necessário silêncio, como quem faz virtude da necessidade.

MOTE
Sentir por solo sentir
Es el sentir verdadero,
Que en saber sentir está
El premio del sentimiento.

Décimas

1
Corazón: sufre, y padece,
que quien alivia el tormento
el premio del sufrimiento
neciamente desmerece:
siente, y en tus dolores crece:
sufre, que solo el sufrir
será el medio de lucir:
calla, que la causa es tal,
que está mandando a tu mal
sentir por solo sentir.

2
Sentir, sufrir, y callar
medio será de salvarte:
pero no sientan llorarte
porque es arte de aliviar:
el sufrimiento ha de estar
sujeto al arpón severo,
evitando el ser grosero
con silencio, o con razón,

que sentir sin reflexión
Es el sentir verdadero.

3
No sufras, por más sufrir,
que en sufrir por merecer,
la atención hecha a perder,
cuándo llega a competir:
nada intentes conseguir,
que es vanagloria, y quizá
que todo se perderá:
la mudez no es meritoria?
Sabe sentir por la gloria,
Que en saber sentir está.

4
Sabe, que hay indignación,
en quien te puede ultrajar,
que hay aborrecer, y amar,
mas no sepas la razón:
siente tu injusta pasión,
mas no sepa el sufrimiento
la causa de tu tormento:
discurre sin discurrir,
que hallarás en tu sentir
El premio del sentimiento.

27 [43]

Pertende agora persuadir a um ribeirinho a que não corra, temendo que se perca: que é mui próprio de um louco enamorado querer que todos sigam o seu capricho, e resolve a cobiçar-lhe a liberdade.

Soneto

Como corres, arroio fugitivo?
Adverte, para, pois precipitado
Corres soberbo, como o meu cuidado,
Que sempre a despenhar-se corre altivo.

Torna atrás, considera discursivo,
Que esse curso, que levas apressado,
No caminho, que emprendes despenhado
Te deixa morto, e me retrata ao vivo.

Porém corre, não pares, pois o intento,
Que teu desejo conseguir procura,
Logra o ditoso fim do pensamento.

Triste de um pensamento sem ventura!
Que tendo venturoso o nascimento,
Não acha assim ditosa a sepultura.

28 [44]

Solitário em seu mesmo quarto à vista da luz do candeeiro porfia o Poeta pensamentear exemplos de seu amor na barboleta.

Soneto

Ó tu do meu amor fiel traslado
Mariposa entre as chamas consumida,
Pois se à força do ardor perdes a vida,
A violência do fogo me há prostrado.

Tu de amante o teu fim hás encontrado,
Essa flama girando apetecida;
Eu girando uma penha endurecida,
No fogo, que exalou, morro abrasado.

Ambos de firmes anelando chamas,
Tu a vida deixas, eu a morte imploro
Nas constâncias iguais, iguais nas chamas.

Mas ai! que a diferença entre nós choro,
Pois acabando tu ao fogo, que amas,
Eu morro, sem chegar à luz, que adoro.

29 [45]

Ratifica sua fidalga resolução tirando dentre salamandra, e barboleta o mais seguro documento
para bem amar.

Soneto

Renasce Fênix quase amortecida,
Barboleta no incêndio desmaiada:
Porém se amando vives abrasada,
Ai como temo morras entendida!

Se te parece estar restituída,
No que te julgo já ressuscitada,
Quanto emprendes de vida renovada,
Te receio na morte envelhecida.

Mas se em fogo de amor ardendo nasces,
Barboleta, o contrário mal discorres,
Que para eterna pena redivives.

Reconcentra esse ardor, com que renasces,
Que se qual Barboleta em fogo morres,
É melhor, Salamandra, o de que vives.

[46]

Ao rio de Caípe recorre queixoso o Poeta de que sua senhora admite por esposo outro sujeito.

Soneto

Suspende o curso, Ó Rio, retrocido,
Tu, que vens a morrer, adonde eu morro,
Enquanto contra amor me dá socorro
Algum divertimento, algum olvido.

Não corras lisonjeiro, e divertido,
Quando em fogo de amor a ti recorro,
E quando o mesmo incêndio, em que me torro,
Teu vizinho cristal tem já vertido.

Pois já meu pranto inunda teus escolhos,
Não corras, não te alegres, não te rias,
Nem prateies verdores, cinge abrolhos.

Que não é bem, que tuas águas frias,
Sendo o pranto chorado dos meus olhos,
Tenham que rir em minhas agonias.

31 [47]

Imagem singular de sua desesperada paixão, vendo que sua senhora sem embargo de receber-lhe seus amorosos divertimentos, aceitava em casamento um sujeito muito da vontade de seus pais: mas nem estas, nem outras obras ousava ele confiar mais que do seu baú.

Romance

Enfim, pois vossa mercê
não ignora, que é forçoso
acomodar co'as desgraças,
e desbaratar ao gosto:

Ouça os últimos suspiros,
de quem no extremo amoroso
fala com língua de mágoas,
sente com vozes de fogo.

Que nestas minhas ofensas,
e nestes termos suponho,
que fez dita o meu afeto,
do que você fez estorvo.

Pois adorando excessivo,
o que não logrou ditoso,
só da esperança fez caso,
sem dar ousadia ao logro.

Parecia-me, que nunca
chegasse a ser perigoso

venerar no pensamento
falsas ideias de um gosto.

Mas conhecendo mentiras,
quanto me disse o alvoroço,
repito agora, o que quis
fazendo negaça ao gosto:

Que como em você conheço,
que lhe será mui custoso
sem fazer da pena opróbrio:
(falta um verso no ms.)

Vendo, que minha esperança
acha o bem dificultoso,
e se encontra co'as desgraças
na observação do decoro.

Advirto a minha razão
nos extremos de queixoso
com a raiva da fineza
como refúgio do choro.

Porque limitando a pena
àquele afeto amoroso,
cuja firmeza eterniza,
por alívio o desafogo!

Quero, se é, que pode ser
querer, quem por tantos modos
nem para querer lhe deixa
ação tão tirano afogo!

Que veja você sepulta
a presunção do alvoroço,

que na esperança da posse
era o caminho do logro.

Para que em mudos suspiros
melhor segurem meus olhos,
que a influência de estrela
só neste estado me há posto.

E assim só dela me queixo,
porque fora lance impróprio
clamar contra as divindades
nesta queixa, que a Amor formo.

Com que advertir-lhe é preciso,
que de tudo, o que me doo,
na execução do agravo
as glórias julgo por sonho.

Pois se cheguei a adorar,
foi preciso tão notório
do destino, a que rendido
para este fim nasci logo,

E o pertender suspirando
com um desvelo, e com outro
foram protestos do incêndio,
foi do excessivo acordo.

Idolatrar um prodígio,
não foi prodígio, nem noto,
que o rendimento, e desvelo
ficassem acaso opostos:

Porque advertindo, que o céu,
e o Planeta Luminoso

juraram pleito homenagem
na beleza desse rosto:

O conhecer Liberdade
à vista de tanto assombro
fora, perdendo os sentidos
ser indiscreto e ser louco.

[51]

Chora o Poeta a última resolução de seu idolatrado impossível tão merecedora destes delicados versos.

Romance

Alto: divino impossível,
de cuja dificuldade,
formosura, e discrição
qual é maior, não se sabe.

Se impossível pelo estado,
a dificuldade é grande,
pois casada, e a teu gosto
que força há de conquistar-te?

Se impossível na dureza,
a ser pedra incontrastável,
basta ser de lavradora,
para que nunca se lavre.

Se impossível pelo estorvo
da família vigilante
é o impossível maior,
que ao meu coração combate.

Mas se és, divino impossível,
de tão alta divindade,
creio, que esperanças mortas
ressurgirás a milagres.

Se és um milagre composto
de neve incendida em sangue,

e sempre o Céu de teu rosto,
mostra dois astros brilhantes:

As mãos umas maravilhas,
um par de jesmins as faces,
o corpo um garbo vivente,
os pés um vivo donaire:

Se são milagres divinos,
Francelinda, as tuas partes,
para viver, quem te adora,
que farás, senão milagres!

Dá-me por milagre a vida
na esperança de lograr-te,
verás ressurgir com glória
uma esperança cadáver.

E se és enigma escondido,
eu sou segredo inviolável,
pois ouves, e não percebes,
quem te diz, o que não sabes.

De que serve a discrição,
com que o teu nome ilustraste,
sendo a Palas destes tempos,
Minerva destas idades.

Discorre em tuas memórias
os dias, manhãs, e tardes,
que foste emprego de uns olhos,
que mudamente escutaste.

Porque uns olhos, que atrevidos
registam a divindade

são sempre d'alma rendida
emudecidas linguagens.

Lembra-te, que em tua casa,
onde cortês me hospedaste,
não me guardaste o seguro
das leis da hospitalidade.

Porque matando-me entonces
traidoramente suave
me calei eu, por guardar
essas leis, que tu violaste.

Se inda não cais, em quem sou,
porque me estrova explicar-me
de uma parte o teu decoro,
e o meu temor de outra parte.

Terei paciência por ora,
té que me tire os disfarces
Amor, que com se vendar,
me deu lições de vendar-me.

E se penetras, quem sou,
porque já o conjeturaste,
e escolhes de pura ingrata
não crer-me, por não pagar-me:

Recorre à tua beleza,
que sei, que ela há de obrigar-te
a crer, que em minhas finezas
corto por muitas verdades.

E pois me toca pesar
as tuas dificuldades,

e a ti tua formosura
e discrição pesar cabe.

Julguemos ambos de dois,
qual dá cuidado mais grande,
formosura, e discrição,
ou tantas dificuldades.

[55]
Chora o Poeta de uma vez perdidas estas esperanças.

Soneto

A Deus vão pensamento, a Deus cuidado,
Que eu te mando de casa despedido,
Porque sendo de uns olhos bem nascido,
Foste com desapego mal criado.

Nasceste de um acaso não pensado,
E cresceu-te um olhar pouco advertido,
Criou-te o esperar de um entendido,
E às mãos morreste de um desesperado:

Ícaro foste, que atrevidamente
Te remontaste à esfera da luz pura,
De donde te arrojou teu voo ardente.

Fiar no sol, é irracional loucura,
Porque nesse brandão dos céus luzente
Falta a razão, se sobra a formosura.

34 [56]

Vagava o Poeta por aqueles retiros filosofando em sua desdita sem poder desapegar as harpias de seu justo sentimento.

....

Soneto

Quem viu mal como o meu sem meio ativo!
Pois no que me sustenta, e me maltrata,
É fero, quando a morte me dilata,
Quando a vida me tira, é compassivo.

Ó do meu padecer alto motivo!
Mas ó do meu martírio pena ingrata!
Uma vez inconstante, pois me mata,
Muitas vezes cruel, pois me tem vivo.

Já não há de remédio confianças;
Que a morte a destruir não tem alentos,
Quando a vida em penar não tem mudanças.

E quer meu mal dobrando os meus tormentos,
Que esteja morto para as esperanças,
E que ande vivo para os sentimentos.

[57]
Ao pé daquele penhasco lacrimoso que já dissemos pertende moderar seu sentimento, e resolve, que a soledade o não alivia.

Soneto

Na parte da espessura mais sombria,
Onde uma fonte de um rochedo nasce,
Com os olhos na fonte, a mão na face,
Sentado o Pastor Sílvio assim dizia.

Ai como me mentiu a fantesia!
Cuidando nesta estância repousasse!
Que muito a sede nunca mitigasse,
Se cresce da saudade a hidropisia.

Solte o Zéfiro brando os seus alentos,
E excite no meu peito amantes fráguas,
Que subam da corrente os movimentos.

Que é tirana oficina para as mágoas
Ouvir nas folhas combater os ventos,
Por entre as pedras murmurar as águas.

36 [59]

À sua mulher antes de casar.

Letrilha

1
Os dias se vão,
os tempos se esgotam,
para todos trotam,
só para mim não:
tanta dilação
quem há de curtir?
O tempo a não vir,
e eu por meu pesar
sempre a esperar,
o que tanto foge;
casemo-nos hoje,
que amanhã vem longe.

2
O tempo sagrado
vem com tal vagar,
que deve de andar
manco, ou aleijado:
eu com meu cuidado
morto por vos ver,
e o tempo a deter
a dita, que espero,
da qual eu não quero,
que ele me despoje;
casemo-nos hoje,
que amanhã vem longe.

3
Por uma hora mera,
que Píramo andara,
e à Fonte chegara,
onde Tisbe o espera,
nunca acontecera
colar-se de emboque
no seu mesmo estoque,
deixando uma ponta,
onde a Moça tonta
a morrer se arroje;
casemo-nos hoje,
que amanhã vem longe.

4
Por uma hora avara,
por um breve instante,
que Leandro amante
no mar se arrojara,
nunca se afogara,
e Eros de tão alto
não dera tal salto;
porque quis o fado,
que ela, e o afogado
a praia os aloje:
casemo-nos hoje,
que amanhã vem longe.

5
Hoje poderei
convosco casar,
e hoje consumar,
amanhã não sei:
porque perderei

a minha saúde,
e em um ataúde
me podem levar
o corpo a enterrar,
porque vos enoje:
casemo-nos hoje,
que amanhã vem longe.

37 [62]

Lisonjeia outra vez impaciente a retenção de sua mesma desgraça, aconselhando a esposa neste regalado soneto.

Soneto

Discreta, e formosíssima Maria,
Enquanto estamos vendo a qualquer hora
Em tuas faces a rosada Aurora,
Em teus olhos, e boca o Sol, e o dia:

Enquanto com gentil descortesia
O ar, que fresco Adônis te namora,
Te espalha a rica trança voadora,
Quando vem passear-te pela fria:

Goza, goza da flor da mocidade,
Que o tempo trota a toda ligeireza,
E imprime em toda a flor sua pisada.

Ó não aguardes, que a madura idade
Te converta em flor, essa beleza
Em terra, em cinza, em pó, em sombra, em nada.

38 [62]

Terceira vez impaciente muda o Poeta o seu soneto na forma seguinte.

Soneto

Discreta, e formosíssima Maria,
Enquanto estamos vendo claramente
Na vossa ardente vista o sol ardente,
E na rosada face a Aurora fria:

Enquanto pois produz, enquanto cria
Essa esfera gentil, mina excelente
No cabelo o metal mais reluzente,
E na boca a mais fina pedraria:

Gozai, gozai da flor da formosura,
Antes que o frio da madura idade
Tronco deixe despido, o que é verdura.

Que passado o zênite da mocidade,
Sem a noite encontrar da sepultura,
É cada dia ocaso da beldade.

39 [64]

Recatava-se prudentemente esta beleza das demasias de seu futuro esposo, mas ele avaliando este desdém por tirania recorre segunda vez aos montes, como escarmento de amor no primeiro objeto.

Romance

Montes, eu venho outra vez
aliviar-me convosco,
perdoai, se com meus ais,
vosso silêncio interrompo.

Já sabeis, montes amigos,
que amo, estimo, quero, adoro;
mas de que serve cansar-vos,
já sabeis, montes, que morro.

À conta do que me lembram
aqueles olhos irosos,
que no meu sentir são raios,
e nunca a meu ver são olhos.

Lembra-me o rico cabelo,
que na oficina dos ombros
me reforma estas meninas
de seus anéis preciosos.

Lembra-me o rosto gentil,
e ver eu no gentil rosto
escondido um não sei quê,
que me matou, não sei como.

Lembra-me logo a muita alma,
com que move o airoso corpo,
e nem debalde em o vendo
de ver tanta alma me assombro.

Ó quem pudera dizer-vos
outras mil partes, que escondo
de recatado, podendo
dizê-las de vanglorioso.

Lembra-me Marfida enfim:
mas que digo eu? que vos conto?
porque se dela jamais
me esqueço, como me acordo!

Isto pois venho a dizer-vos,
e a contar, montes, de novo,
que de mil ânsias, que planto,
um só favor não recolho.

Limitar certos favores
com fingidos pressupostos,
se não vai de estorvo alheio,
vai de desapego próprio.

Retorceder as vontades,
e esbulhar da posse os logros
toca em arrependimento,
se acaso não peca em ódio.

Desigualar as ações,
e alterar cad'hora os modos,
se é por acinte, não gabo,
se é por exame, não louvo.

Desdenhar-se a meus carinhos,
quem é afável com todos,
isso é dizer-me na cara,
que é aborrecido seu dono.

Faltar nos prometimentos,
ser pontual nos desgostos,
curta nas satisfações,
larguíssima nos opróbrios:

Executar tiranias,
endurecer-se com rogos,
prezar-se de isenções,
enfim matar-me por gosto:

Que há de ser montes amigos,
senão haver feito eu próprio
ingratíssima a Marfida
a puro afeto amoroso.

Que há de ser, se o ser constante
em um fino é desabono,
e assim eu mais me malquisto,
quanto mais fino me mostro?

Que há de ser, se quando as setas
de Amor em Marfida aponto,
ela as solta contra mim,
em meu próprio amor me corto?

Faz-me mal, o que lhe quero,
dá-me em saber, que a adoro,
e é tarde para escondê-lo
a seu juízo, e seus olhos.

Quisera ingrata chamar-lhe,
porém nem devo, nem ouso,
que em dizer mal do que quero,
desacredito meu gosto.

Tende-me, montes, segredo,
não saibam nestes contornos,
quem é a ingrata Marfida,
e o triste Pastor Ausônio.

40 [68]

Descreve com galharda propriedade o labirinto confuso de suas desconfianças.

Soneto

Ó caos confuso, labirinto horrendo,
Onde não topo luz, nem fio amando,
Lugar de glória, aonde estou penando,
Casa da morte, aonde estou vivendo!

Ó voz sem distinção, Babel tremendo,
Pesada fantasia, sono brando,
Onde o mesmo, que toco, estou sonhando,
Onde o próprio, que escuto, não entendo!

Sempre és certeza, nunca desengano,
E a ambas propensões, com igualdade
No bem te não penetro, nem no dano.

És ciúme martírio da vontade,
Verdadeiro tormento para engano,
E cega presunção para verdade.

41 [69]

Outra imagem não menos elegante da matéria antecedente.

Soneto

Horas contando, numerando instantes,
Os sentidos à dor, e à glória atentos,
Cuidados cobro, acuso pensamentos,
Ligeiros à esperança, ao mal constantes.

Quem partes concordou tão dissonantes?
Quem sustentou tão vários sentimentos?
Pois para glória excedem de tormentos,
Para martírio ao bem são semelhantes.

O prazer com a pena se embaraça;
Porém quando um com outro mais porfia,
O gosto corre, a dor apenas passa.

Vai ao tempo alterando à fantesia,
Mas sempre com ventagem na desgraça,
Horas de inferno, instantes de alegria.

42 [70]

Increpa jocosamente ao rapaz Cupido por tantas dilações.

Soneto

Amor, cego, rapaz, travesso, e zorro,
Formigueiro, ladrão, mal doutrinado,
Em que lei achai vós, que um home honrado
Há de andar trás de vós como um cachorro?

Muitos dias, Mancebinho, há, que morro
Por colher-vos um tanto descuidado,
Que à fé que bem de mim tendes zombado,
Pois me fazeis cativo, sendo forro.

Não vos há de valer erguer o dedo
Se desatando a voz da língua muda
Me não dais minha carta de alforria.

Mas em tal parte estais, que tenho medo,
Que alguém poderá haver, que vos acuda,
Sem que pagueis tamanha rapazia.

43 [71]

Rompe o Poeta desconfiado ardendo em lavaredas de amor com esta veneranda anatomia d'alma.

Romance

Morro de desconfianças,
e inda assim, Marfida, morro,
se duvidoso constante,
e se incrédulo devoto.

Indiscretamente acabo,
porque nesciamente troco
a vida, que tu me dás,
pela morte, que eu me tomo.

Morrendo de meus temores
sinto não morrer, meus olhos,
contente da tua mão,
se não triste de mim próprio.

Se foras minha homicida,
morrera eu, meu bem, gostoso,
mas que alegre hei de morrer
sendo o matador, e o morto?

Tu não me matas, Marfida,
que isso é só para ditosos,
dúvidas da fé me matam,
que eu mesmo levanto, e movo.

Mata-me o meu pensamento,
que a meu pesar se tem ódio

os sentidos, e as potências
dentro em meu peito composto.

Se me vejo, me acobardo,
e se te escuto, me cobro,
esforçam-me os meus sentidos,
quando me afrouxam meus olhos.

Quando te escuto, me firmo
em teu cuidado amoroso:
Vejo-me, e tanto descaio,
que de te crer me envergonho.

Ser confiado me alenta,
mata-me o estar duvidoso,
podendo viver, não quero,
querendo viver, não posso.

Se quero viver, te creio,
se te quero crer, não ouso,
e do meu bem me desvio,
quando a meu mal me acomodo.

Que dissabores padeço,
e que desgostos suporto
por uma ideia, que finjo
num pensamento, que formo!

Morro de cousa nenhuma
mas que monta, se enfim morro?
e se enfim me mata mais
ver, que morro de tão pouco.

Quem me pusera tão longe
a mim mesmo de mim próprio,

que apartado, do que cuido,
só vivera, do que adoro.

Porém inda que me mato,
e em meu discurso me afogo,
de ti, Marfida cruel,
deveras estou queixoso.

Homicídio é dar a morte,
mas eu a ter me acomodo
por mais cruel homicídio
negar à vida um socorro.

E tu, se bem me não tiras
a vida, quando me morro,
podendo a morte estouvar-me,
jamais queres ser estorvo.

Vês-me com a morte lutando,
e em teu duro peito noto,
que à míngua de um teu carinho
fico da morte despojo.

Se tu me deixas morrer
das ideias, que componho,
de mim sem razão me queixo,
e a ti, com razão, me torno.

Quem não receia, não ama,
ser confiado, é ser frouxo,
sempre são loucos os zelos,
mas discretíssimos loucos.

E se os meus zelos te enfadam,
dá-me licença, meus olhos,

para me ter por mofino,
pois perco por amoroso.

Se das potências desta alma
te dei o domínio todo,
porque em minha alma consentes
estas ideias, que formo?

Responderás, que te indignam,
porque servem um falso antojo
ou a teu amor de injúria,
ou a tua fé de opróbrio.

Mas se és Senhora absoluta
de mim mesmo, e de mim todo,
em consentir no meu erro
dás a entender, que é teu gosto.

Marfida, eu morro, eu acabo:
e em tal hora me acomodo,
só por ser, Marfida, teu,
co'a glória de ser teu morto.

44 [75]

Quis o Poeta embarcar-se para a cidade e antecipando a notícia à sua senhora, lhe viu umas derretidas mostras de sentimento em verdadeiras lágrimas de amor.

Soneto

Ardor em coração firme nascido!
Pranto por belos olhos derramado!
Incêndio em mares de água disfarçado!
Rio de neve em fogo convertido!

Tu, que um peito abrasas escondido,
Tu, que em um rosto corres desatado,
Quando fogo em cristais aprisionado,
Quando cristal em chamas derretido.

Se és fogo, como passas brandamente?
Se és neve, como queimas com porfia?
Mas ai! que andou Amor em ti prudente.

Pois para temperar a tirania,
Como quis, que aqui fosse a neve ardente,
Permitiu, parecesse a chama fria.

45 [76]

Eterniza o Poeta aquelas lágrimas com os primores excelentes do seu milagroso engenho.

Décimas

1
Lágrimas afetuosas
brandamente derretidas,
o que tendes de afligidas,
tendes de mais poderosas:
sendo vós tão carinhosas,
quão tristes me pareceis,
que muito, que me abrandeis,
quando ausentar-me sentis,
se por me cobrar saís,
e em busca de mim correis?

2
Se correis tão descontentes,
onde ides tão apressadas?
e se andais tão recatadas,
como assim sois tão correntes?
Sendo essas vossas enchentes
formosíssimo embaraço,
que muito, que ao descompasso
de um ciúme enfurecido
nessa corrente detido
logo então perdesse o passo?

3
De ver, que vos afligistes,
que ufano fiquei então,

que alegre o meu coração,
meus olhos, de ver-vos tristes:
com razão vos persuadistes
de formar-me um novo encanto
no vosso chorar, porquanto
a fé, com que vos adoro,
se alegre no vosso choro,
se banha no vosso pranto.

4
Vendo, que eram desafogo
lágrimas da vossa mágoa,
o que era nos olhos água,
no peito vi, que era fogo:
logo vi, e entendi logo,
que como a um tronco acontece,
que ali arde, e cá umedece,
assim vós num choro brando
sais aos olhos, já quando
incêndios a alma padece.

5
Lágrimas, grande seria
uma dor, que vos condena,
que à custa da vossa pena
comprais a minha alegria:
e pois da melancolia,
que tive em tão tristes horas
haveis sido as redentoras,
do gosto, que me heis comprado
tanto à custa do chorado,
com razão sereis senhoras.

6
Sereis, pelo que agradastes,
lágrimas aljofaradas,

eternamente lembradas
destes olhos, que alegrastes:
se por mim vos derramastes,
e à custa de vossos brios
por entre tantos desvios
me buscais, fora desar,
não ser meus olhos um mar,
para recolher dois rios.

7
Lágrimas, que em vossas dores
dizíeis emudecidas
finezas jamais ouvidas
de nunca vistos amores:
pois que de vossos primores
tão subido é o arrebol,
basta, que do seu crisol
saia esta fineza enfim,
que eu vi triste um serafim,
e choroso o mesmo sol.

8
Eternamente aplaudidas,
sereis, lágrimas formosas,
pois deixais de ser ditosas
só por ser por mim vertidas:
se o valor de agradecidas
bastar a vossos matizes,
contra a nota de infelizes
podeis rir-vos de choradas,
porque de gratificadas
sois no mundo as mais felizes.

[80]

Ao mesmo assunto e na mesma ocasião.

Soneto

Corrente, que do peito desatada
Sois por dois belos olhos despedida,
E por carmim correndo desmedida
Deixais o ser, levais a cor mudada.

Não sei, quando caís precipitada
Às flores, que regais, tão parecida,
Se sais neves por rosa derretida,
Ou se a rosa por neve desfolhada.

Essa enchente gentil de prata fina,
Que de rubi por conchas se dilata,
Faz troca tão diversa, e peregrina,

Que no objeto, que mostra, e que retrata,
Mesclando a cor purpúrea, e cristalina,
Não sei, quando é rubi, ou quando é prata.

[81]

Remete à sua esposa a seguinte obra, chovendo prêmios a aquela demonstração de amor.

Soneto

Não sei, em qual se vê mais rigorosa
A força desta nossa despedida,
Se em mim, que sinto já perder a vida,
Se em vós, a quem contemplo tão chorosa.

Vós com incêndios d'alma piedosa
Mostrais a dor em água convertida,
Eu com ver-me tão longe da partida,
Nem água me deixou dor tão forçosa.

Vós, pelo que entendeis do meu sentido,
Obrais, a causa tendo inda presente;
Pagando-me antemão, quanto mereço.

Eu logo, que me vir de vós partido,
N'alma satisfarei estando ausente
Esse amor, que nos olhos vos conheço.

48 [82]

Despedido o Poeta de sua senhora, e posto com efeito na cidade, lhe encarece desde ela os rigorosos tormentos de amor, que padece causados de saudade pela ausência da sua vista, nestas tão chorosas, quão saudosas

Décimas

1
Saudades, que me quereis,
que tanto me atormentais?
nunca a morte executais,
sempre a morte prometeis?
sem dúvida pertendeis
minha pena ir dilatando,
porque enquanto vou penando
tendes, onde estar vivendo,
e se acaso eu for morrendo,
por força ireis acabando.

2
Mas nem por isso a meu ver
matais menos sem matar,
que um contino suspirar
é um perpétuo morrer:
o bem na lembrança ter,
considerá-lo distante,
um receio a cada instante,
um susto a cada acidente
não são provas do vivente,
senão abonos do amante.

3
Vós sois, tirana saudade,
sendo a memória instrumento
verdugo do entendimento,
e flagelo da vontade:
acabo na realidade,
respiro nas aparências,
pois com tantas evidências
vosso rigor me desalma,
não despojado de uma alma,
afligido em três potências.

4
Ó quanto menor tormento
me deva o perder a vida,
que para dor tão crescida
já não há mais sofrimento:
a pena com tanto alento,
sem alento o coração
parecerá sem razão,
que uma mesma causa ordene,
que viva, para que pene,
e para ter vida não.

49 [85]

Acompanhou estas tão saudosas quatro décimas este

Soneto

Nos últimos instantes da partida,
Em que o rigor o golpe executava,
Vi, quando alentos no sentir achava
A morte dilatada, ou repetida.

Obrou a execução na despedida,
Que ali de vossos olhos me ausentava,
E como a vida neles me ficava,
Não pude então viver deixando a vida.

Foi de ausentar-me a morte consequência,
Pois estando sem vós, sem vida estive;
Mas direis, que o morrer de alentos priva.

Porém como nas mãos de uma violência,
Quem ausente padece, morre, e vive,
Foi a vida defunta, a morte viva.

[86]

Casado já o Poeta, entra agora por razão de honestidade a mudar-lhe o nome nas obras seguintes. Lisonjeia-lhe o repouso em um dos primeiros dias do noivado no sítio de Marapé.

Soneto

À margem de uma fonte, que corria
Lira doce dos pássaros cantores
A bela ocasião das minhas dores
Dormindo estava ao despertar do dia.

Mas como dorme Sílvia, não vestia
O Céu seus horizontes de mil cores;
Dominava o silêncio sobre as flores,
Calava o mar, e rio não se ouvia.

Não dão o parabém à bela Aurora
Flores canoras, pássaros fragrantes,
Nem seu âmbar respira a rica Flora.

Porém abrindo Sílvia os dois diamantes,
Tudo a Sílvia festeja, e tudo a adora
Aves cheirosas, flores ressonantes.

[87]

Segunda lisonja em que excede sua esposa a toda a natureza.

Soneto

Ves, Gila, aquel farol de cuja fuente
Mana la luz, que al orbe se deriva?
Ves, Gila, aquella antorcha fugitiva,
Que es de la negra noche presidente?

Ves del prado la pompa floreciente?
Miras daquel jazmín la pompa altiva?
Ves la rosa; que en púrpuras se aviva?
Ves el clavel, que en granas se desmiente?

Vuelve acá, Gila, mira la nevada
Voraz campaña dese mar, que ahora
Cristalinos aljófares destila.

Ves esa espuma en nieve trasformada?
Ves esas perlas, que lloró la Aurora?
Pues todo es nada con tu rosto, Gila.

[88]

Primeiro arrufo de sua esposa por causas, que o Poeta lhe dava em seus descuidos.

Soneto

Que presto el tiempo, Lise, me ha mostrado
En una queja sola mil tormentos:
Pues me vuelve en pesares los contentos,
Que siempre duplicó lo venerado.

Decir, Lise, que falta mi cuidado,
Bien puede industria ser de tus intentos,
Que en mi solo acreditan sentimientos,
Y en ti lo verifica el retirado.

Pero sin esa duda al tiempo dejas
De mis verdades solo las razones,
De tus retiros tantas experiencias:

Calle mi queja la razón de quejas,
Y mi obligación repita obligaciones,
Que amor publicara las evidencias.

53 [88]

A uma dor de dentes, de que sua esposa se queixava todavia desdenhosa.

Décimas

1
Ai, Lise, quanto me pesa,
que da dor, que padeceis,
a ter não vos isenteis
mais piedade, que fereza:
se deste achaque a braveza
entre ambos reparte amor,
tenho por grande favor,
que nesta amante convença
eu sinta a dor da doença,
vós a doença da dor.

2
Por razões mui aparentes
devo este mal estimar,
porque sei me há de livrar
de trazerdes-me entre dentes:
mas por causas mais urgentes
quero, que o remedieis,
e se quando o mal venceis,
a morder-me vos provoca,
perdoo o morder de boca
à boca, com que mordeis.

[90]

Galanteia o Poeta aquele desdém com um ramilhete de flores rematado com uma figuinha de azeviche.

Décima

Essas flores, que uma figa
levam consigo, meu bem,
grande mistério contêm
contra a fortuna inimiga:
pois deste amor na fadiga
indo as flores sem abrolhos
com tal figa nos refolhos,
bem se vê, que em mil amores
para vós vos mando as flores,
e figas para meus olhos.

55 [91]

Rejeita sua esposa o ramilhete de flores, e o Poeta prossegue no mesmo galanteio tornando-o a mandar com este

MOTE
Perdoai-me, meus amores,
do ramilhete a figuinha,
que onde estais vós, vida minha,
uma figa para as flores.

Décimas

1
Como assim, Clóri divina,
ramilhete rejeitais?
mas é porque imaginais
ser dele a melhor bonina:
Vede bem, que Amor ensina,
a que vos mande essas flores;
não me negueis os favores,
quando desejo acertar;
e se eu erro em vos amar,
Perdoai-me, meus amores.

2
Eu, Clóri, tanto que vi,
que o não estimáveis muito,
de que não fizera fruito
pela flor o conheci:
logo me compadeci
da figa por vida minha,
porquanto já certo tinha,

que nesse sol a estalar
era força o acabar
Do ramilhete a figuinha.

3
Dai-me licença, que diga,
que, a quem dá flores a molhos,
meteis a figa nos olhos
em não aceitar a figa:
porém antes que prossiga,
no que a afeição me encaminha,
digo, se dito não tinha,
sem que seja fora d'arte,
que flor não vi em melhor parte,
Que onde estais vós, vida minha.

4
Minha Clóri, e meu amor,
esse ramilhete enfim
peço aceiteis, porque assim
lhe ficais levando a flor:
e então vendo-se, Senhor
à vista de tais favores
em mãos tão superiores,
é certo, vendo-lhe a figa,
que não faltará, quem diga,
Uma figa para as flores.

56 [93]

Segundo arrufo, em que a esposa teve notícia de certo distraimento do Poeta e ele se desculpa com dizer, que homem pobre não tem vícios.

MOTE
Amar sin tener, que dar,
o es preciarse de muy loco
tener hecha la cara
al desaire de andar corto.

Décimas

1
Clori, en el prado anteayer
vi a Fili, y tan flor estava,
que ni aún el prado dudava,
si era flor, siendo mujer:
rindió me su rosicler,
y al quererle yo en su altar
mi corazón consagrar,
como era suyo en rigor,
tuvo por desaire Amor
Amar, sin tener, que dar.

2
Fuerza fue el arrepentir,
que es fineza desmentida
tener el alma rendida,
y volversela a rendir:
fuerza fue entonces huir
a los desaires, que toco,
que quien con acuerdo poco

quiere al Amor sujetarse,
o es de loco preciarse,
O es preciarse de muy loco.

3
El que de loco se precia,
busca desestimación,
pues con loca afectación,
quiere amar, quien le desprecia:
fuera confianza necia,
si algo de premio esperara,
y fuera, si se repara,
al desprecio, y al baldón
tener hecho el corazón,
O tener hecha la cara.

4
No es tanto no de admirar,
que consagre a Amor dos aras,
si no que puedan dos caras
una belleza engañar:
nada me puede alterar,
ni dexarme, Clori, absorto,
que si a galán me reporto,
por mi amor, y tu respeto,
habría de estar sujeto
Al desaire de andar corto.

[96]

Enfermou zelosa a sua esposa de uma dor de garganta, e sangrada, lhe galanteia o Poeta a enfermidade.

Romance

Enfermou Clóri, Pastores,
picadinha de um desdém,
que até pagam as Deidades
tributos ao bem querer.

Mandou chamar o Barbeiro,
para picar-se outra vez,
que uma picada com outra
se vem a satisfazer.

Não quer Clóri, que lhe aplique
no braço, senão no pé,
que quem é tão soberana,
não dá seu braço a torcer.

Tomou-lhe o pé o Barbeiro,
para n'água lho meter,
e sendo a água tão pouca
lhe custou a tomar pé.

Água fria pediu logo,
parecendo-lhe talvez,
que com a quente pudesse
tanta neve derreter.

Desmaiou Clóri sentida
por o golpe lhe doer,

e à fé que custa o seu golpe
gotas de sangue verter.

Com sal na boca diverte
o desmaio desta vez:
mas boca de tanta graça
nenhum sal há de mister.

Que foi remédio supérfluo,
se deixa bem conhecer,
porque, quem é luz do mundo,
sal da terra deve ser.

Logrou aqui o Barbeiro
semelhanças de Moisés,
não da pedra tirar água
da neve em sangue escorrer.

Vingou Clóri no seu sangue
o agravo, que lhe fez,
que assim faz, que tão bom sangue,
se é de ilustre proceder.

58 [98]

Continua o Poeta em lisonjear as sangrias de sua esposa.

Décimas

1
Dizei, queridos amores,
dizei-me, sangrada estais?
Jesus! porque derramais
rubis de tantos valores?
Valha-me Deus! ai que dores
sinto no meu coração;
vós sangradinha, e eu são!
Se tenho a vida ferida,
não sei, como tenho vida,
tendo vós tanta aflição.

2
Dizei-me, quem vos sangrou,
Mana do meu coração?
qual foi a atrevida mão,
que assim vos martirizou?
não sei, se vos magoou.
Porém romper um cristal
ninguém pode fazer tal.
Sem penoso detrimento,
que inda que vá muito atento,
sempre lhe há de fazer mal.

[99]

Roga o Poeta à sua esposa, que suspenda o remédio das sangrias.

Soneto

De uma dor de garganta adoecestes,
E foram, Tisbe, quando vos sangrastes,
Piques aquela dor, de que enfermastes,
Rosas aquele sangue, que vertestes.

Ó que discretamente discorrestes
No remédio, que à dor logo aplicastes,
Pois por força nas rosas, que lançastes,
Haviam de ir os piques, que tivestes.

Mas ai! que por meu mal desejo agora
Um novo mal em vós, ó Tisbe minha;
E se o pode alcançar, quem vos adora,

Peço, que suspendais essa meizinha,
Que se ainda mais rosas lançais fora,
Receio, que fiqueis posta na espinha.

[100]

Impaciente o Poeta de tão demasiado rigor lança o resto de suas finezas para abrandar sua esposa.

Romance

Vão-se as horas, cresce o dia,
meu tormento não se acaba;
a noite chega a meus olhos,
mas o alívio sempre tarda.

Meu coração já de aflito
não sofre tanta tardança:
a cada instante suspiro,
porque o teu rigor me mata.

Meus sentidos elevados
já não dão ascenso a nada,
tu me negas tua vista,
eu sem ti não sei, que faça.

Em um pranto todo o dia
não sossega, nem descansa
este triste, minha vida,
este pobre, minha mana.

As meninas dos meus olhos
já não vivem de esperança,
porquanto o teu coração
não se move, nem se abranda.

Olha tu, que crueldade
por ti padece minha alma,

maltratar, a quem te quer,
não querer, a quem te ama.

Baste já, que mais não posso,
não sejas, meu bem, ingrata,
que por ti vivo morrendo,
tu por mim não fazes nada.

Ai meu bem, quem tal dissera!
mas não quero dizer nada,
tu, que me quiseste muito,
me perdoa por tua alma.

61 [102]

Lisonjeia finalmente a convalescência de sua esposa.

Soneto

Puedes, Rosa, dejar la vanidad;
No presumas, clavel, de anacarado:
Branca Azucena ya, y Jazmín nevado,
Dexe de blasonar vuestra beldad.

Grana purpúrea a prisa retirad
Brillante rosicler gala del prado,
Si de la pompa el tiempo está acabado,
Vuestra pompa en retiros minorad.

Porque salió Maricas de un desmayo
Flor en las gallardías más vistosas,
Que brotó Primavera, Abril, y Mayo.

Pero a su vista os quedareis hermosas,
Suplicandole humildes un ensayo
Azucena, Clavel, Jazmín, y Rosas.

[104]

Descreve o Poeta o melindre, com que esta galharda dama saiu a ser vista do mesmo Poeta depois de muitos rogos sem efeito de várias pessoas, e somente a peditório de Genebra.

Romance

Depois de mil petições
deste, daquele, e daquela
saiu Brites para fora
a rogo só de Genebra.

Atravessou toda a sala,
chegou, e tomou cadeira,
ela diz, que com vergonha,
mas eu não dou fé de vê-la.

Porque a coisa mais oculta,
mais escondida, e secreta,
é de Brites a vergonha,
porque não há, quem lha veja.

Vi eu aquele prodígio
de graça, e de gentileza,
e absorto estive admirando
sobre uma pedra outra pedra.

Até que tornei em mim,
e por cortês recompensa
(uma razão mais, ou menos)
lhe fui dizendo esta arenga.

Permitiu minha ventura,
não sei se a minha desgraça,
que não cegasse com ver-te,
para padecer mais ânsias.

Que sempre em ódio de um triste
faz natureza mudanças
pois cheguei a ver um sol,
sem ter as potências d' águia.

Movido da mão de Amor,
das liberdades pirata,
por fim dei a meus suspiros
tumba ardente, amante frágua.

E por ser curta a vitória
para beleza tamanha,
achei, que era pouco excesso
entregar-te toda um'alma.

De novo não me rendi,
que era fineza encontrada,
ter ainda, que render-te
d'alma, que vencida estava.

Mas por obrar as finezas
em respondência das causas
fiz contando as tuas prendas
mil holocaustos desta alma.

Enfadei de mui rendido,
que amor sem ventura enfada,
mas não me emendei de amar-te,
de mofino me emendara.

Vimos p'ra casa, e cantei
ao som da minha guitarra
"ay, verdades, que en amor
siempre fuistes desdichadas."

E Brites me respondeu
tão doce, como tirana:
en vano llama la puerta,
quien no ha llamado en el alma.

[107]

Inclinava-se Brites a um sujeito de mais esperanças, que méritos, e em sua competência continua o Poeta este galanteio.

Redondilhas

Dizem, por esta comarca,
Brites, que, a quem vos conquista,
matais da primeira vista
por ter olhos mais da marca.

Eu o quis ir a dizer
à justiça, mas de inveja
me há de mandar, que vos veja
para acabar de morrer.

Eu me vejo, e me desejo
com penas, que me causais,
se me vedes, me matais,
e morro, se vos não vejo.

Dai remédio à minha flama,
mais que seja com matar-me:
porque se eu quis namorar-me,
só a morte cura, a quem ama.

Procuro o vosso favor,
mas não lhe acerto o caminho,
porque me dana o carinho,
e não me aproveita amor.

Tudo consiste em ventura,
que eu conheço algum talento
com menos merecimento,
porém com dita segura.

Mas espero todavia
merecer o vosso agrado,
que é suspeitoso cuidado,
o que de si desconfia.

Da vossa benevolência
tudo os meus desejos fiam,
que sempre amor entibiam
faltas de correspondência.

Faço por ver meu emprego
cada dia, e toda a vida
estais adrede escondida,
não vejo, a quem me faz cego.

Vejo a casa tão-somente,
porque achais, que é justo, que
quem a pérola não vê,
vendo a concha se contente.

Não val convosco a fineza,
não val convosco a verdade,
não sei, como vos agrade,
não sei, como vos mereça.

Amor, que tem compaixão,
de quem aflige um cuidado,
ou vos arranque o agrado,
ou vos mude a condição.

64 [109]

Retrata o Poeta as perfeições desta dama com galhardo asseio.

Oitavas

1
Podeis desafiar com bizarria
Só por só, cara a cara a bela Aurora,
Que a Aurora não só cara vos faria
Vendo tão boa cara em vós, Senhora:
Senhora sois do sol, e luz do dia,
Do dia, que nascestes até agora,
Que se Aurora foi luz por uma estrela,
Duas tendes em vós, a qual mais bela.

2
Sei, que o sol vos daria o seu tesouro
Pelo negro gentil desse cabelo
Tão belo, que em ser negro foi desdouro
Do sol, que por ser d'ouro foi tão belo:
Bela sois, e sois rica sem ter ouro
Sem ouro haveis ao sol de convencê-lo,
Que se o sol por ter ouro é celebrado,
Sem ter ouro esse negro é adorado.

3
Vão os olhos, Senhora, estai atento;
Sabeis os vossos olhos o que são?
São de todos os olhos um portento,
Um portento de toda a admiração:
Admiração do sol, e seu contento,
Contento, que me dá consolação,

Consolação, que mata o bom desejo,
Desejo, que me mata, quando os vejo.

4
A boca para cravo é pequenina,
Pequenina sim é, será rubi,
Rubi não tem a cor tão peregrina,
Tão peregrina cor eu a não vi:
Vi a boca, julguei-a por divina,
Divina não será, eu não o cri:
Mas creio, que não quer a vossa boca
Por rubi, nem por cravo fazer troca.

5
Ver o aljôfar nevado, que desata,
A Aurora sobre a gala do rosal,
Ver em rasgos de nácar tersa prata,
E pérolas em concha de coral:
Ver diamantes em golpe de escarlata
Em picos de rubi puro cristal,
É ver os vossos dentes de marfim
Por entre os belos lábios de carmim.

6
No peito desatina o Amor cego
Cego só pelo amor do vosso peito,
Peito, em que o cego Amor não tem sossego,
Só cego por não ver-lhe amor perfeito:
Perfeito, e puro amor em tal emprego
Emprego assemelhando à causa efeito,
Efeito, que é mal feito ao dizer mais,
Quando chega o amor a extremos tais.

7
Tanto se preza o Amor do vosso amor,
Que mais prazer o tem em amor tanto,

Tanto, que diz o Amor, que outro maior
Não teve por amor, nem por encanto:
Encanto é ver o amor em tal ardor,
Que arde tão bem o peito, por espanto,
Tendo de vivo fogo por sinal
Duas vivas empolas de cristal.

8
Ao dizer das mãos não me aventuro,
Que a ventura das mãos a tudo mata,
Mata Amor nessas mãos já tão seguro,
Que tudo as mãos lavadas desbarata:
A cuja neve, prata, e cristal puro
Se apurou o cristal, a neve, a prata
Belíssimas pirâmides formando
Onde Amor vai as almas sepultando.

9
Descrever a cintura não me atrevo,
Porque a vejo tão breve, e tão sucinta,
Que em vê-la me suspendo, e me elevo,
Por não ver até agora melhor cinta:
Mas porque siga o estilo, que aqui levo,
Digo, que é a vossa cinta tão distinta,
Que o Céu se fez azul de formosura,
Só para cinto ser de tal cintura.

10
Vamos já para o pé: mas tate-tate,
Que descrever um pé tão peregrino,
Se loucura não é, é desbarate,
Desbarate, que passa o desatino:
A que me desatina, me dá mate
O picante de pé tão pequenino,
Que pé tomar não posso em tal pegada,
Pois é tal vosso pé, que em pontos nada.

65 [113]

Finge o Poeta que se arrepende de a ter amado, e tudo piques para ser querido.

Quintilhas

De uma Moça tão ingrata
que pode contar agora
a Musa, que me arrebata,
senão que é falsa traidora,
e traidoramente mata.

Para a ingratidão não sei,
que se ponha certa a pena,
porque se a condena a Lei,
nunca certa pena achei
na mesma Lei, que a condena.

Isso a graveza causou
da culpa, que se condena,
que como torpe a julgou,
não pode chegar a pena,
onde a ingratidão chegou.

A maior condenação,
a mais terrível, e forte,
é, quando de morte a dão;
porém uma ingratidão
não se paga nem co'a morte.

Mas eu vejo, que esta ingrata
sobre não pagar co'a morte

as vidas, que desbarata,
vive ufana em sua sorte,
e sobre viver me mata.

Não me mata a ingratidão,
com que trata o meu amor,
mata-me a satisfação,
e glória, com que o rigor
me dá como galardão.

Se chegara a conhecer
que falta ao gratificar,
me obrigara a mais querer,
sem pressupor, que o dever
é gênero de pagar.

Mas cuidar de presumida,
que com deixar-se querer
me paga os riscos da vida,
e as ânsias do pertender
com dar-se por pertendida:

É crueldade, é rigor,
que nenhum peito suporta:
mas recate o seu furor,
que eu sei, que nem sempre amor
há de estar atrás da porta.

Eu perdoara, o que deve
a meu ardor, e fineza,
e afirmo para firmeza
esta quitação tão breve,
que, do que lhe quis, me pesa.

[116]

Casual encontro que teve o Poeta com Brites no seu retiro de uma roça.

Romance

Fui ver a fonte da roça,
e quando a mais gente vai
a refrescar-se na fonte,
eu me fui nela abrasar.

Dentro na fonte achei Brites,
que ali se foi a banhar,
por dar que entender aos olhos
um cristal noutro cristal.

Noutras horas corre a fonte:
com Brites corrida vai,
vendo que a sua brancura
a excede nos cabedais.

Sentiu-me Brites ao longe,
e o fraldelim posto já
era narciso no campo,
quem foi incêndio do mar.

Cheguei, e vendo tão claro
da fonte o rico raudal,
estive um pouco perplexo
entre o crer, e o duvidar.

Enfim vim a persuadir-me
que Brites em caso tal

não foi lavar-se na fonte,
mas foi à fonte lavar.

Tão líquida, e transparente
corria, que por sinal
de Brites lhe pôr as mãos
desatada em prata vai.

Por entre pedras a fonte
percipita o seu cristal,
que lhas tira como louco,
quem o vê precipitar.

Convidou-me, a que bebesse
a neve do manancial,
e se a neve assim me abrasa,
o incêndio que fará.

Bebi, e não matei sede,
porque no inferno de amar
fui Tântalo, cuja pena
o beber acende mais.

Queira Amor, Brites ingrata,
que essa fonte, esse cristal
não seja o vosso perigo,
em que Narciso morrais.

Que, quem me matou na fonte
por seu gosto a meu pesar,
será despique de um cego,
e vingança de um rapaz.

[118]

Insiste o Poeta (vendo estes desapegos de Brites em o não querer admitir) para ser correspondido em seu amor, argumentando-lhe rijamente cautelosos silogismos mas tudo debalde.

Quintilhas

Tenho-vos escrito assaz,
e torno nesta ocasião
a escrever-vos pertinaz,
para ver se o tempo faz,
o que não pode a razão.

Que talvez de importunada,
muito mais que de rendida
cede a vontade obstinada
mais que à razão de adorada,
à força de perseguida.

Vós não me correspondeis,
porque haveis medo de amar,
e esses riscos, que temeis,
são falsos, pois bem podeis
agradecer sem pagar.

Agradecei-me não mais
verdes-vos idolatrada,
porque com leves sinais
a mais amor me empenhais,
e ficais desobrigada.

Isto tem a gratidão,
que escusa grandes despesas,

com uma demonstração,
gastando pouca afeição
se ganham muitas finezas.

Fazei comigo um assento
de amor, e seu galardão,
ganhareis cento por cento,
se entrais c'o agradecimento,
entrando eu com afeição.

Não sei, que mal vos esteja,
Senhora, o meu bem-querer,
e porque a Lua se veja,
tudo, o que quer bem, deseja
muitos bens, a quem bem quer.

Isto é, o que significa
querer bem, isso contém,
que quem a Amor se dedica,
ao sujeito, a quem se aplica,
quer bem, e deseja bem.

Para os que mal vos quiserem,
que lhes guarda, ou lhes prepara
vossa condição tão rara?
se àqueles, que bem vos querem,
mostrais desabrida a cara.

Estou por me arrepender
de adorar, a quem me mata,
porque se a ambos maltrata,
mau fim tenha o bem-querer,
que vos faz a vós ingrata.

Mas eu tenho averiguado,
que isto consiste na estrela,

e o que perde o meu cuidado,
porque vós sois Moça bela,
e eu velho mal estreado.

Não o tenhais a escarcéu,
que se às estrelas mais belas
levais ganhado o troféu,
depois que eu trato esse céu,
entendo muito de estrelas.

E pois com vosso crisol
se ilumina a esfera bela,
em seu azul arrebol
bem podereis vós, meu sol,
dar-me outra melhor estrela.

Servi-vos de apiedar-vos
deste triste sem ventura,
porque é certa conjetura,
que, quem pertende adorar-vos,
nem faz mal, nem mal procura.

68 [122]

Reforça o Poeta seus enganos protestando, que quer somente amar por amar, sem outro gênero de galardão, ou interesse.

Décimas

1
Menina: estou já em crer,
que não é vosso rigor
crueldade: mas temor,
que tendes de vos render:
hei de dar-vos a entender
por mais vos desenganar,
que só pertendo adorar
isento, e independente,
que o querer do pertendente
é mui distinto do amar.

2
Bem posso sem ser amado,
amar-vos, minha Senhora,
porque amor sempre melhora
o fino em o desgraçado:
no impossível adorado
está o afeto maior,
que quem aspira ao favor
em sua dor importuna,
faz lisonjas à fortuna,
e não serviços a Amor.

3
Se do meu conhecimento
nasceu a minha vontade,

não pague uma divindade
ter eu este entendimento:
que mais agradecimento
quer uma amante paixão,
que amar, e amar com razão?
e se é preciso querer
ao belo, porque há de ser
mérito a obrigação?

4
O amar correspondido
não é o mais perfeito amar,
que não se hão de equivocar
amante, e agradecido:
sempre contingência há sido
o rigor, ou a clemência
e se da correspondência
nascera sempre a vontade,
não fora Amor divindade,
porque o fosse a contingência.

5
Todo amante, que procura
ser em seu amor ditoso,
tem ambição ao formoso,
não amor à formosura:
quem idolatra a luz pura
da beleza rigorosa,
com fineza generosa
ame sempre desprezado,
porque o ser eu desgraçado,
não vos tira o ser formosa.

6
Não ser de vós admitido
acredita o meu cuidado,

logo a ser tão desprezado
devo estar agradecido:
rigores peço sofrido,
não clemência, nem piedade,
porque inútil é a vontade,
que deixa em sua fineza
pelos logros da beleza
respeitos da divindade.

[125]
Corou a formosa Brites destas preciosas mentiras daquele galhardo engenho com um alegre riso na primeira ocasião, que teve de encontro com ela, para contradizer-se caviloso; o que lhe deu motivo para fazer o seguinte

MOTE
Se é por engano esse riso,
fortuna, não me contenho,
que tens comércio c'o vento,
e mudas-te de improviso.

Décimas

1
Se haveis por pouco custoso
pagar meu amor, Senhora,
vos quero afirmar agora,
que é muito dificultoso:
porque se um olhar iroso
me rouba a vontade, e sigo,
argumento é não preciso,
que amor me pagais assim
com um rir-vos para mim,
Se é por engano esse riso.

2
Um amor paga outro amor:
logo mal podeis pagar-me
um render-me, e cativar-me,
que são obras de rigor:
se me déreis um favor

levada do rendimento,
fora igual o pagamento;
porém sendo eu firme amante
com acasos de inconstante,
Fortuna, não me contenho.

3
Mas não te enojes, fortuna,
de que em matérias de amor
repudie um tal favor,
por quem a alma te importuna:
em hora mais oportuna
o aceitarei mais atento,
mas por agradecimento
do mais firme amor aqui
tanto não fio de ti,
Que tens comércio c'o vento.

4
Tu não és vento mudável,
nem és nuvem aparente,
nem exalação corrente,
és fortuna variável:
em um peito incontrastável,
onde o fim está indeciso,
não faz fincapé, nem siso
teu jeroglífico errante,
que és vária, como inconstante,
E mudas-te de improviso.

70 [128]

Tendo Brites dado algumas esperanças ao Poeta se lhe opôs um sujeito de poucos anos, pertendendo-a por esposa, razão por onde veio ela a desviar-se, desculpando-se por ser já velho.

Décimas

1
P. Ao Velho, que está na roça,
    que fuja às Moças dizei.
R. A bofé não fugirei,
    enquanto Brites for moça.
    Se lhe não fazeis já mesa,
    por que não heis de fugir?
P. Por quê? Porque hei de cumprir
    co'a obrigação de cascar,
    dando-lhe sete ao entrar,
    e quatorze ao despedir.

2
E já que em vosso sujeito
há fidalguia estirada
honrai-me, que a que é honrada
não perde a um velho o respeito.
P. Tendes comigo mau pleito
    pelas cãs, que penteais.
R. Nisso mais vos enganais,
    que eu penteio desenganos,
    não pelo peso dos anos,
    pelo pesar, que me dais.

71 [129]

Sabendo o Poeta o motivo do desvio, lhe mandou estas

Décimas

1
Se mercê me não fazeis
pelas cãs, que me enxergais,
vós sois, a que perdeis mais,
pois tal simpleza dizeis:
que se a um velho aborreceis
por ser homem de maior,
que heis de fazer ao menor?
porque se pela trocada
deixais o muito por nada,
entendeis pouco de amor.

2
Não vos entra no miolo,
que é de valor mais subido
um velho, sendo entendido
que um menino, sendo tolo?
Se da Dama de alto colo
(diz a história, que dizia)
que para o que ela queria,
arto sabia o seu preto
de teologia, um discreto
sabe inda mais teologia.

3
A diferença, que há
entre o homem, e entre o bruto,

é da razão o atributo,
que Deus aos homens nos dá:
logo mais homem será
o homem, que é mais sagaz,
mais homem o mais capaz,
mais home o mais racional,
e o rapaz mais animal
mais bruto por mais rapaz.

[131]

Ao mesmo assunto e pelo mesmo motivo.

Soneto

Senhora Beatriz: foi o demônio
Este amor, esta raiva, esta porfia,
Pois não canso de noite nem de dia
Em cuidar nesse negro matrimônio.

Ó se quisesse o Padre Santo Antônio,
Que é Santo, que aos perdidos alumia,
Resvelar-lhe a borrada serventia
Desse Noivo essa purga, esse antimônio!

Parece-lhe, que fico muito honrado
Em negar-me por velho essa clausura?
Menos mal me estaria o ser capado.

Não sofro esses reveses da ventura,
Mas antes prosseguindo o começado
A chave lhe hei de pôr na fechadura.

[132]

Magoado o Poeta e sentidíssimo com esta pena de ver frustrados todos os seus intentos, cantava ao som do seu instrumento a seguinte letra.

Romance

Aqui-d'El-Rei, que me matam
os negros olhos de Brites!
eu não vi mulher tão branca
com tão negros azeviches.

Dizem, que pelos cabelos
a leva certa velhice,
que como enfim é menina,
gosta mais das meninices.

Quer-se casar c'um Menino,
e está nisto tão terrível,
que amanhã há de enjeitá-la,
por lhe passar da puerice.

Está nisto tão teimosa,
tão dura, e tão invencível,
que quer enforcar-se o velho
pela demônia de Brites.

E porque Amor a beber
me deu artos alfiniques,
a Mãe, que disto não sabe,
sabe somente afligir-me.

Vai divertir-se na roça
confusa, chorosa, e triste,
onde os compadres lhe cantam
os desenganos seguintes.

Estribilho

Tá tá,
não me mateis tá,
que inda que sou velho,
não hei de cansar.

74 [134]

Resolve-se Brites totalmente a deixar os galanteios do Poeta por lograr seus próprios interesses: e compadecida destas quebras Teresa irmã de Brites repetiu ao Poeta passando-lhe pela rua o seguinte

MOTE
Campos bem-aventurados,
tornai-vos agora tristes,
que os dias, em que vos vistes
alegres, já são passados.

Décimas

1
Estes campos, que a firmeza
com tais afetos cultiva,
se choram ser Lise esquiva,
não os muda uma aspereza:
que renascendo a beleza
dessa Deusa em seus cuidados,
mostram, quando derrotados
da tirana sem razão,
que por amar Lise, são
Campos bem-aventurados.

2
Neles sempre Amor perfeito
sustentou tantos poderes,
que não pode Malmequeres
tirá-lo nunca do peito:
as mais flores com efeito
(segundo vós advertistes)

ficaram tais, quais as vistes,
e em suma melancolia
o mesmo sol lhe dizia,
Tornai-vos agora tristes.

3
Não é maravilha não
durar nos campos tal flor,
que como a cultiva Amor,
sempre guarda a duração:
e assim não pode a paixão
deixá-la, como inferistes,
que posto os meus olhos tristes
não logrem sua beleza,
mais firme estou na fineza,
Que os dias, em que vos vistes.

4
E por fim não há rigor,
que abalar possa esta fé,
pois nela, e em mim se vê,
que a Lise só tenho amor:
não merecer seu favor
não basta para os cuidados,
pois da pena acrisolados,
requintando idolatrias,
vendo de amor as porfias
Alegres já são passados.

75 [136]

Acaba o Poeta de crer a resolução de Brites, estranhando-lhe em certa ocasião um tal desapego.

MOTE
Que fostes meu bem, mostrastes,
mas já agora não sentistes,
que os bens não duram nos tristes
sem que padeçam contrastes.

Décimas

1
Horas de contentamento
sempre são poucas, e breves,
que os gostos, como são leves,
voam como o pensamento:
trocou-se o gosto em tormento,
Lise, porque vos trocastes,
e como um mal me deixastes
em câmbio de um bem, Senhora,
em seres meu mal agora,
Que fostes meu bem, mostrastes.

2
O mal sempre é substituto
do bem, que a fortuna veda,
e que ao bem o mal suceda,
é já lei, é já estatuto:
um do outro é flor, e fruto,
e num bem que me aplaudistes,
porque vós mo repetistes,
tempo sei eu, Lise fera,

que chorareis, se o perdera,
Mas já agora não sentistes.

3
Não me espanto, Lise, não
dessa dureza, e rigor,
porque da fonte do amor
é, que nasce a compaixão:
não sinto em minha paixão
ver, que vós a não sentistes:
sinto saber, que a urdistes:
como há de chorar-me alguém,
se todos sabem mui bem,
Que os bens não duram nos tristes?

4
Nunca da vossa dureza
dor alguma se esperou:
porque aonde amor faltou,
falta a lei da natureza:
logrei na vossa beleza
os bens, que me dispensastes,
enquanto a ira aplacastes
do mar dessa formosura,
que não dá bens a ventura,
Sem que padeçam contrastes.

76 [139]

À mesma com iras de namorado.

MOTE
Mi recelo me decía,
quando te empecé a querer,
que en efecto eras mujer,
y es necio, quien dellas fia.

Décimas

1
Quise te, Beliza, amar,
y por más que iba queriendo,
iba conmigo deciendo,
que me habías de engañar:
yo no quise acreditar
el daño, que presumía,
mas viendo tu alevosía,
luego al instante alcancé,
que era cierto aquello, que
Mi recelo me decía.

2
Iba queriendo, y dudando
tras de mi misma sospecha
que el aviso no aprovecha,
al que se va despeñando:
hasta que cae pagando
mi imprudente proceder,
y es justo, que llegue a ver
aflicto mi corazón,
pues no seguí a razón,
Cuándo te empecé a querer.

3
Saliste al fin con tu engaño,
pues en tu naturaleza,
como jamás hay firmeza,
siempre tuvo asiento el daño:
toco ahora el desengaño
del mal, que hice en te querer,
pues para no pretender
firmeza en tu pecho hallar,
luego debiera pensar,
Que en efecto eras mujer.

4
Mujer eras, falsa fuiste,
falsa debías de ser,
pues si naciste mujer,
obras, como qual naciste:
muy poco a mi me ofendiste,
porque yo te conocía,
y nunca, Beliza mía,
aguardé de tus verdades,
ni fe de tus lealtades,
Y es necio, quien dellas fia.

[141]

Costumava cantar o Poeta esta letra a seu instrumento, enquanto lhe durou o pesar das tiranias desta dama.

Romance

Forasteiro descuidado,
se acaso chegar vos move
ou negócio, ou pertensão,
curiosidade, ou amores.

Guardai-vos, digo mil vezes,
de pôr os olhos nas torres
dessa traidora cidade,
que tal basalisco encobre.

De um serafim o mais belo,
que o Céu corta, os ares rompe,
tão cruel, e tão tirano,
qual jamais admira o orbe:

Com estes sinais vos dou
exemplo nas minhas dores,
forasteiro, caminhai,
queira, Amor, que vos não olhe.

Caminhai, digo outra vez,
prevenido de temores,
que eu já me vou a enterrar,
porque me condena a morte.

78 [142]

Desenganado o Poeta ao efetuarem-se aquelas vodas com um moço licenciado saiu raivosamente com esta sátira.

Décimas

1
Casai-vos, Brites, embora,
mas adverti, que em solteira
se até aqui fostes rendeira,
sereis costureira agora:
heis de coser cada hora,
para enganar o esposado,
esse berbigão rasgado:
saiba o Moço de corrida,
que andais por ele cozida,
quando ele por vós assado.

2
Se por douto se vos vende,
bem sabe a filosofia,
mas tão pouca astrologia,
que, o que é virgo, não entende:
e se na esfera pertende
lançar linhas sem medida,
ignorância é conhecida,
pois a saber as da esfera,
logo as linhas conhecera,
com que vós estais cosida.

3
Pontos em cousa surrada
fazem o feitio caro:

melhor é falar-lhe claro,
e dizer, que estais usada:
não entenda o Noivo nada
dos usos, que há em direito,
que eu, que lhe tenho algum jeito,
sei, que a vossa honrinha falsa,
posto que um ponto só calça,
grande entrada tem no peito.

4
O que me tem mais confuso,
é, que casar-vos temais,
porque tão usada estais,
sendo a gala andar ao uso:
se o Noivo está já obtuso
na regra de musa musa,
como há de tomar a escusa,
de casar com Noiva honrada,
por se dizer ser usada,
se o que se usa, não se escusa.

5
Animai-vos, Brites, pois,
tomai de casada o estado,
servireis de guardar gado,
pois sabeis o nome aos bois:
e se o Noivo lá depois
vos der no rasto da linha,
direis chorosa, e mesquinha
(culpando o poder do Amor)
não é culpa do pastor
meterem-lhe os bois na vinha.

6
Quem fez ao Noivo capaz
de vos tocar na desonra,

quando vós em pontos d'honra
excedeis ao Noivo assaz?
não é ele tão audaz,
que fale no vosso vício,
pois lhe fazeis benefício
casando, que sois na empresa
honrada por natureza
não só, mas por artifício.

7
Quereis (fora vá de pulha)
por dar à vida descarga,
que numa barra tão larga
entre o Noivo pela agulha?
vós mesma fazeis a bulha,
pois dais com essa cautela
sinais da vossa mazela;
agulha se há de escusar,
que para essa foz entrar,
o que importa, é pôr à vela.

8
Muito ao Noivo lhe convinha,
que vós por me dar o jeito
entupísseis bem o estreito,
para que ele passe a linha:
e se a hora for mesquinha,
que antes da linha passada
ache calma, ou trovoada,
com que se esgote o refresco,
vós fareis, com ele o fresco,
para seguir a jornada.

9
Casai-vos, bebei o trago,
que estou já frito, e assado

por ver o Licenciado
alagado nesse lago
sempre me destes mau pago
ao bem, que sempre vos quis,
e agora estou por um triz
de bem vingado me ver,
se vos quer, ou não vos quer
o Sô Licenciado Ortiz.

10
Ele virá no partido,
porque verá como honrado,
que qualquer virgo ensopado
não tem mais do que cozido:
ele é da terra o Cupido,
o Narciso, e o Nanaço,
e não sirva de embaraço
não ir para a nova casa,
cabaço, que se ele casa,
eu jurarei, que é cabaço.

79 [147]

À vista do amor, que teve o Poeta a esta dama, como se colhe é a seguinte obra um testemunho da sua generosidade: pois lhe recusa os seus convites, aconselhando-a a sofrer seu esposo. Nem os seus galanteios foram com pessoa proibida.

Décimas

1
Vós casada, e eu vingado,
todo o meu coração sente,
mas a vingança presente
mais que o agravo passado:
o agravo já perdoado
pelas desculpas, que dais,
menos dor me ocasionais
por ser contra meu respeito
que, o que contra vós é feito,
força é, que doa mais.

2
Chorar vosso casamento
é sentir a minha dor
e agora me obriga Amor
a sentir vosso tormento:
vosso descontentamento
do meu mal distância encerra,
que no meu coração não erra
censurando um, e outro sim,
pois de vós vai tanto a mim,
como vai dos céus à terra.

3
Um só coração assestam
os pesares, de quem ama,
mas os pesares da Dama
a dois corações molestam:
se duas vidas infestam
males, de que estais sentida,
com razão, prenda querida,
dois prantos faço em comum,
pela minha vida um,
outro pela vossa vida.

4
Levai prudente, e sagaz
esse cargo, essa pensão,
porque o erro da eleição
consigo outros erros traz:
se é de remédio incapaz
o erro do casamento,
dissimule o sofrimento
esse erro: porque maior
não faça o erro de amor
erros do arrependimento.

[150]

Com esta resposta se avivaram na dama os incêndios de amor, e no Poeta se avivaram os quilates desta honra.

Soneto

Não me culpes, Filena, não de ingrato,
Se notado hás de mim tanta esquivança;
Porque a força do fado em tal mudança
Ou inclina o desdém, ou move o trato.

Mas que importa, se quando olvidar trato
Teus amores por lei, que não se alcança,
Dura impressa no amor tua lembrança;
Vive n'alma estampado teu retrato.

Os efeitos combatem da vontade
Amoroso desdém zelosa pena,
Produzindo tão grande variedade.

Teu amor, que me obriga, te condena,
Que como não tens livre a liberdade,
Não me podes prender o amor, Filena.

81 [150]

Outra pintura em sombras desta dama.

Décimas

1
Seres formosa, Teresa,
sendo trigueira, me espanta,
pois tendo beleza tanta,
é sobre isso milagrosa:
como não será espantosa,
se o adágio me assegura,
que, quem quiser formosura,
a há de ir na alvura ver,
e vós sois linda mulher
contra o adágio da alvura.

2
Mas o nosso adágio mente,
e eu lhe acho a repugnância,
de que a beleza é substância,
e a alvura é acidente:
se na esfera tão luzente
dessa cara prazenteira
o sol como por vidreira
se duplica retratado,
sendo vós sol duplicado,
que importa seres trigueira.

3
Eu melhor coisa não vi
de olhos, do que vossos olhos,
no ferir almas abrolhos,

no caçar almas nebli:
c'os vossos olhos aqui
me sinto tão arriscado,
que me dá menos cuidado,
e fora a melhor partido
dos vossos olhos mordido,
que da vossa vista olhado.

4
Se todo o mundo pisara,
não vira no mundo inteiro
nem riso mais feiticeiro,
nem mais agradável cara:
tinha-vos por coisa rara,
notável, e prodigiosa;
mas acho, que artificiosa
em vós natureza obrou
pois sobre sombras pintou
uma cara tão formosa.

[151]

Responde o Poeta a um mal considerado amigo,
que o matraqueava de cobarde nesta matéria.

Soneto

Deixei a Dama, a outrem, mas que fiz?
Deixar o começado é ser falaz,
Porém Amor por louco, e por rapaz
Ao mesmo tempo afirma, e se desdiz.

Consenti de outro amante ações gentis,
Largando o bem, fiquei dele incapaz,
Se eu não souber fazer, o que outrem faz,
Que muito, que outrem queira, o que eu não quis.

O Sítio, em que a vontade a mim me pôs,
Do qual fora a razão já me conduz,
Seja a outrem prisão, seja cadoz.

Seja ele o infeliz, que eu ser propus
Alexandre, que em laços cortou nós,
Teseu, que em labirintos achou luz.

[153]

Retrata o Poeta com gracioso mimo as mimosas graças desta dama.

Romance

Olá digo: ó vós Teresa,
que vós sois bizarra em forma,
formosa sem invenção,
e bela sem cerimônia.

Sois linda, como há de ser,
e Brites, que é tão formosa,
será vossa irmã em sangue,
na beleza, são histórias.

O mimo da vossa cara
é tal, que crê, quem a olha,
que as mais ao buril são feitas,
e a vossa vazada em fôrma.

O papinho, que se enxerga
por baixo da barba airosa,
me está dizendo – comei-me,
só vós me dizeis, não coma.

Logo me encolho de medo
talvez, talvez de vergonha,
que um grito na mesa alheia
põe o apetite em cóspias.

Não sei, que diga Teresa,
acerca da vossa boca;

mas que mais posso dizer
depois de dizer, que é vossa?

Sei dizer, que dentro nela
tal riqueza se entesoura,
que não sei, se são diamantes,
se pérolas; se outra coisa.

Bem apoda uns brancos dentes
que a aljôfar os apoda,
e eu fizera o mesmo aos vossos,
mas quando o sonhou aljôfar?

Não sei, que tem vossa cara
de polida, e de mimosa,
que as outras são como as mais,
e a vossa não como as outras.

Quando a vossa cara vejo,
logo me vem à memória,
o melindre do jesmim,
e a natazinha da rosa.

Cuido, que se vem a unha
o carão, que a cara enforma,
e a medo lhe emprego a vista,
porque cuido, que a transtorna.

Não sou basilisco olhando,
mas essa fineza vossa,
como a qualquer unha cai,
a qualquer vista se volta.

Por isso tomara ver-vos
sempre de vidraças posta,

porque vos não ofendera,
quem vos fala, e quem vos olha.

A minha alma então prostrada
diante da imagem vossa,
não só, quem vos ama, víreis,
mas também quem vos adora.

Tal novena vos fizera,
que durara a vida toda,
um penhor da vossa glória
por ver se vos merecia.

[158]

Pinta o Poeta entre amorosos acidentes o garbo de Teresa em ocasião, que lhe passou pela rua.

Romance

Por esta rua Teresa,
e c'o lencinho na trunsa,
apostarei, que são mortos
os meus vizinhos da rua.

Apostarei, que passando
de Teresa a formosura,
não viu pessoa, que então
não ficasse moribunda.

Apostarei, que pediam
confissão por essas ruas,
onde ela empregava os olhos
por portas, e por adufas.

Deus a Teresa perdoe,
e a demais gente defunta,
a Teresa os seus delitos,
aos demais as suas culpas.

Porque se ela não passava
airosa, galharda, e pulcra,
como garbo de mais da marca,
que é pior, que espada nua:

Não morreram meus vizinhos
de tão suave olhadura,

que era uma peste agradável
de lisonjeiras angústias.

E porque se meus vizinhos
quando ela dos olhos puxa,
cada qual fugira então
do perigo, a que se expunha:

Se fugiram das janelas,
se fecharam as adufas,
não foram mortos agora
de ver Teresa na rua.

De nenhum eu me lastimo,
antes tenho inveja suma,
de que de tal morte morram
tão incapazes criaturas.

Eu só quisera morrer
por Teresa, e é injúria,
que todos morram, e eu só
por seu amor me consuma.

Que eu morra, porque me mata
desdenhosa, ingrata, e dura,
passe, que é morte discreta,
passe, que a causa o desculpa.

Mas que morra a vizinhança
não mais de porque ela punha
os olhos, quando passava
pela gentinha da rua!

É mui grande atrevimento,
é desaforo, é injúria,

que se faz a uma beleza
tão soberana, e tão culta.

Eu não lhe posso sofrer,
nem hei de sofrê-lo nunca,
porque não é para todos
morrer de uma formosura.

[161]

Realça o Poeta as perfeições de Teresa na morte cor de uma enfermidade, que padeceu, da qual agora convalescia.

Romance

Na roça os dias passados
vi a Senhora Tetê
tão linda, como achacosa,
tão fraca, como cruel.

Não sei, que força escondida
sobre os meus sentidos tem,
que estando fraca a beleza,
não resisto a seu poder.

Se a doença é tão formosa,
como em Teresa se vê,
quem não trocara a saúde
pelos seus males? e quem,

Seja púrpura no campo,
seja rubi no vergel,
não trocará o encarnado
por tão linda palidez?

As flores da laranjeira
vindo assentar-se-lhe ao pé,
todas ao chão se arrojaram
desesperadas de a ver.

Uma colheu ela as mãos;
outras pisou com seus pés,

e qual era a mão, a flor,
não soube enxergar ninguém.

Fez-se de flores um monte
a par da linda Tetê,
que por deixá-las luzir,
a tratavam de esconder.

De todo o monte de flores,
um ramilhete se fez
elas ao pé eram flores
e em cima era flor Tetê.

Os pássaros lhe cantaram
o seu lá sol fá mi ré,
crendo, que segunda aurora
lhes tornava a amanhecer.

A fonte parou seu curso,
porque a fonte, nem ninguém
pode ser corrente à vista
de uma Dama tão cortês:

Eu quis descobrir-lhe o amor
que a seus olhos consagrei,
como em aras de beleza,
onde se holocausta a fé.

Fui curto, não me atrevi,
temi, emudeci, calei;
sempre amor difere mal,
a quem não se explica bem.

De mim me queixo somente,
e do adágio português,

que diz, que o calar não dana;
e eu perdi, porque calei.

Se os Malmequeres do campo
por rainha aquela vez
a aclamaram, e elegeram
pela cor, e o mal me quer:

Eu dessa eleição apelo,
e fiado em minha fé,
dará volta o mal me queres,
e parará em querer bem.

86 [164]

Destas zombarias com que o Poeta começou a galantear a esta dama em despique de sua irmã, se presumem agora amorosas veras nesta obra.

Décimas

1
Tetê sempre desabrida
mostra um dia entranhas gratas,
pois sabem todos, que matas,
saibam que podes dar vida:
sendo tu minha homicida,
com morte tão desumana
dás a entender, que és humana;
porém se a vida me dás,
então, Tetê, mostrarás,
que és divina, e soberana.

2
O dar morte é de mulheres
propensas a crueldades,
dar vida é de divindades,
com soberanos poderes:
dando-me tu desprazeres,
a morte, a dor, e o pesar
hás de ficar com desar,
de que em ti tais males caibam,
e té está melhor, que saibam,
que tens mil vidas, que dar.

3
Deixar-me viver não mais,
que por vossa, e minha glória,

vós tereis nossa vanglória,
e eu folgarei, que a tenhais:
e se a vida me não dais,
porque enfada, quem adora,
não temais, minha Senhora,
que eu sei da vossa profia,
que dando-me cada dia,
ma tirareis cada hora!

4
Vida, que tão pouco dura,
liberalmente se dá,
vosso enfado a tirará,
se a de vossa formosura:
e porque fique segura
morte tão apetecida,
dai-ma vós tão escondida,
que eu a não sinta chegar,
porque o gosto de acabar
não me torne a dar a vida.

87 [165]

Erguiam-se três mulheres a um mesmo tempo para chegar ao confessionário em noite de Natal e a mais corpulenta delas soltou um traque com a fadiga de chegar primeiro.

....

Décimas

1
Quem viu cousa como aquela,
que aconteceu na Igreja
o dia, que ela festeja
a Deus nascido por ela?
quem inda não sabe dela,
aplique o sentido ao canto
da minha Musa, e enquanto
ela cantando lho diz,
vá perfumando o nariz
por se livrar do quebranto.

2
Estavam três naus em carga,
e entre si com grã porfia
de qual primeiro entraria
a fazer sua descarga:
então a da popa larga,
vendo que há, quem se lhe atreva,
nada sofre, nem releva,
sendo a principal da tropa
com meio canhão de popa
atirou peça de leva.

3
Peça de leva atirou
com tal ronco, e tais ruídos,
que atordoou os ouvidos
da gente, que ali se achou:
e posto que disparou
lá por baixo de socapa,
de excomunhão não escapa
por disparar em sagrado,
que é pecado reservado
na bula da ceia ao Papa.

4
Tal estrago a peça fez
pelos narizes vizinhos,
que mais de trinta focinhos
se torceram esta vez:
sentindo a maldita rês
que tão fedorenta está,
disse uma negra "cá cá;
p'o diabo: e que má casta
de pólvora ali se gasta"
respondeu outra "má má."

5
Quando ouviram o sinal
as outras duas naus ambas,
foram chorar suas lambas,
dando fundo cada qual:
certo não fizeram mal
em não querer provocá-la
porque assim lhes escala
o nariz a artilharia
com pólvora, que seria
se lhe atirasse com bala?

6
Alguns, creio, admiraram
da pólvora a fortaleza,
por rebentar nesta empresa
pela culatra o canhão
mas a minha admiração
está, no que o povo diz
por aí, que essa infeliz,
e traidora artilharia
fazendo aos pés pontaria,
fez o emprego no nariz.

7
Mas que muito que assim seja,
se este canhão português
faz andar tudo ao revés,
quando sem pejo despeja:
já se sabe ser a igreja
asilo a todo o culpado;
mas quando foi disparado
o canhão aos combatentes,
nem ainda aos inocentes
narizes valeu sagrado.

8
Mas se perguntasse alguém
com desdém, e desafogo
como a peça tomou fogo,
sendo, que ouvido não tem:
eu respondendo mui bem
dissera, que por estar
a peça tão par a par
do crisol generativo
se comunicou ativo
o fogo no abalroar.

9
Mas não o quero dizer,
porque não mande, que o prove
algum, que isto me reprove,
querendo-o melhor saber:
e assim já boto a correr
seguindo a ruína da nau,
que aberta vai pelo vau,
e vou procurar-lhe estopa
por calafetar-lhe a popa,
antes que saia o mingau.

10
Logo pois que o seu canhão
deu fogo, o baixel violento,
largando velas ao vento
foi pedir absolvição:
porém eu digo, que não
pecou ela desta vez,
pois com soltar de cortês
o preso, que se valeu
do Sagrado, mereceu
a festa que se lhe fez.

11
As Fragatas da companha
botando as barbas de molho,
porque esta lhe dera de olho,
lhe fizeram festa estranha:
deram-lhe trela tamanha,
que cuido, porque o não vi,
que a pobre partiu dali
tão corrida, e envergonhada,
que foi de voga arrancada
a dar fundo em Parati.

12
E se passou mais avante,
já pôde chegar à Europa,
porque foi com vento em popa,
e escoou-se co'a vazante:
mas se algum bom estudante
na arte da disintéria
por desgraça, ou por miséria
reprovou desta poesia
a forma, por cortesia
prove ao menos a matéria.

[166]

Filosofia, e retórica diz aqui o Poeta, que leu, e como retoricamente filósofo sempre tem que responder aos casos menos pensados, como veremos.

Romance

Que todo o bem se faria
dissestes, falsa Tetê,
o todo eu o perdoara,
basta-me parte do bem.

Quem não merece o bem todo,
com parte se satisfaz,
todo o bem, ou parte dele,
pouco, ou muito é mesmo bem.

Na boa filosofia,
e na retórica sei,
e li, que entre pouco, e muito
jamais distinção se fez.

Pouco mal, e muito mal
o mesmo mal vem a ser,
com que o mesmo bem será
pouco bem, e muito bem.

Distingue-se em quantidade,
não na espécie, nem no ser,
na substância é sempre o mesmo,
se em quantidade não é.

Basta ser da vossa mão,
para ser mui grande bem
se é pouco, estima-se muito,
e em muito, se muito é.

Com pouco um pobre se alegra,
e quem tão pobre se vê,
Tetê, dos vossos favores,
se alegrará com qualquer.

Mas vós sois uma traidora,
falsa, fingida, infiel,
aleivosa, e fementida,
sobretudo sois mulher.

Prometeis mui largamente,
no dar vos arrependeis,
como se fora pecado
o dar sobre o prometer.

O arrepender é virtude,
mas se acaso o arrepender
é de dar o prometido,
vício, e vilania é.

Mas isso é para os ditosos;
isso é para aqueles, que
vos enganam com embustes,
coisa, que eu não sei fazer.

Praza a Amor, Tetê ingrata,
que tanto embuste encontreis,
que vos lembrem as verdades,
que enjeitais em minha fé.

Praza a Amor, que os desenganos
vos cheguem a estado, que
me vingue em vossos pesares
de vossos termos cruéis.

A Deus, Tetê, que eu me vou
para Sergipe d'El-Rei,
a viver de me ausentar,
e a morrer de vos não ver.

89 [169]

Desculpa-se esta dama em certa ocasião que teve de conversar com o Poeta, depois de várias petições, com a objeção frívola de que não satisfazia seu desejo por ser casado: ao que ele responde graciosamente.

Décimas

1
Graças a Deus, que logrei,
Teresa, uma ocasião
da vossa conversação,
por que tanto suspirei:
e posto que me ausentei
de vós tão desenganado,
pois me enjeitas por casado,
confio em vosso primor,
que há de alcançar-vos Amor
ou casado, ou descasado.

2
Coração tão inimigo
mostrais ao casado ser,
que às claras venho a entender
que quereis casar comigo:
não se perca um bom amigo
por tão leve impedimento:
casemos, se vos contento,
e segunda vez casado
se me virdes açoutado,
isso mesmo é casamento.

3
Se a Justiça me açoutar
por casar segunda vez,
açoutado, em que me pês
vos hei de alegre gozar:
quero as ruas passear
arrastando mil baraços
entre os alcaides madraços,
e o algoz após de mim
antes, que de um serafim
perder os doces abraços.

4
E se por disciplinante
for tido de toda a gente,
que mau é ser penitente,
para ser santo bribante:
e se o algoz falseante
me puser por mais rigor
alguma marca ao traidor
por duas vezes casado,
dirão, que é vosso estreado
homem de marca maior.

5
Enfim que de qualquer sorte,
que vós me queirais a mim,
vos hei de dar sempre o sim,
e um sim que dure até a morte:
no maior mal, e mais forte,
ao mais infame desdouro
hei de desprezar o agouro,
porque sendo vós tão grata
sobre ser moça de prata
sois Teresa um pino de ouro.

[172]

Pede o Poeta zelos a Teresa, e ela lhe respondeu, que seria mui pontual em lhos dar; e admiravelmente o Poeta define este termo das escolas do amor.

Romance

Os zelos, minha Teresa,
não sabe entender ninguém,
quem os não tem, esse os dá,
e pede-os, quem os não quer.

Eu chego a pedir-vos zelos,
e não quero, que mos deis,
mas vós mos dais, e os não tendes,
quem zelos há de entender?

Pela razão natural
ninguém dá, o que não tem,
e pela mesma razão
ninguém pede, o que não quer.

E assim enleia o juízo,
que os não tenhais, e mos deis,
que eu, que os peço, os não quisera,
que é pedir, e não querer.

E suposta esta advertência,
vos peço, Teresa, que,
quando zelos vos pedir,
mais que os peça, mos não deis.

Porque eu peço, o que não quero,
e este pedir, é querer,
não que vós mos concedais,
senão sim que mos negueis.

Como amor é entendimento,
e como amar é entender,
vós como amante entendida,
vós, que como amais, sabeis.

Deveis das minhas palavras
tomar discreta, e cortês
não aquilo, que elas dizem,
mas o que querem dizer.

Não entendais, que vos peço
ciúmes, pelos querer,
antes sim pelos deixar
vos peço uma, e outra vez.

Pedir zelos é queixar-me,
e se eu amante, e fiel,
com finezas vos enfado,
com queixas que vos farei?

Teresa eu não peço zelos,
que quem tão mofino é,
que fino vos desagrada,
triste que há de parecer?

A beleza, que se adora,
tão privilegiada é,
que se há de mister licença
para sentir seus desdéns.

91 [174]

Alcançou o Poeta ocasião de lograr os favores de Teresa, e a um desmaio, com que o recebeu, fez este soneto.

Soneto

Desmaiastes, meu bem, quando uma vida
Recuperais no logro da ventura,
Mostrando, que é delito à formosura
Deixar de amor a posse tão valida.

Parece-vos, amores, que corrida
Vos mostrasse a fineza, se a doçura
Não deixara o carinho da brandura
Na confusão do gosto suspendida.

Ora não, minha vida, não consiste
O melindre da Dama nos desmaios,
Com que agora a vergonha vos assiste.

Que Amor só vive, quando em seus ensaios
Ao incêndio do gosto se resiste,
E aos fulgores do sol fomenta os raios.

[175]
Pelo mesmo caso e pelos mesmos consoantes.

Soneto

Se a gostos tiras, Clóris, uma vida,
Que de amor teve o logro por ventura,
Por que trocas em sombra a formosura,
Que foi no mundo todo tão valida?

Glória, que passa tanto de corrida,
Onde apenas se vê breve doçura,
Acredita o melindre da brandura
Nos extremos, que a deixam suspendida.

Não desmaies, meus olhos, pois consiste
O gosto em suspender feros desmaios,
Que dão tormento, a quem amante assiste.

São da morte cruel tristes ensaios,
E o coração, que adora, não resiste,
Sendo d'alma em rigor funestos raios.

93 [176]
Final encarecimento de Teresa, e suas delicadas prendas.

Décimas

1
Teresa, muito me prezo
de vos amar, e querer,
porque sei, que sois mulher
de conta, medida, e peso:
as demais por vós desprezo,
quer belas, quer entendidas,
e entre as mais presumidas,
juro-vos, e passa assi,
que nunca beleza vi,
que mais me enchesse as medidas.

2
Se da bela Felizarda
a formosura contemplo,
não lhe posso achar exemplo
senão no garbo da Anarda:
em louvar-vos se acobarda
o discurso mais valente,
e inda no mesmo acidente
de iluminados desmaios
ao manancial dos raios
vos considero eminente.

[179]

Foi vista esta dama pelo Poeta em casa de uma amiga indo divertir-se ao campo com certo sujeito.

Romance

Eu vi, Senhores Poetas,
quarta-feira pelas três
do presente mês, que corre,
o prodígio, que direi.

Ia eu por certo bairro,
que agora calar convém,
porque o lanço me não furtem,
ao campo a espairecer.

Acompanhava-me entonces
um amigo, que a mi fé
é douto disto de fêmeas,
porque as conhece el por el.

Eis que em frente de uma porta,
que sua urupema tem,
ouvimos um ruge-ruge
da seda de um guarda-pé.

Chegou logo o tal amigo,
que no que toca a saber
segredos, de quem será,
é grandíssimo corcês.

Chegou, como tenho dito,
e mesurado de pés

abriu a urupema, e disse,
sois vós, Dona Bersabé!

Ao que ela respondeu logo,
"esta sou: entre você";
ia ele já quase entrando
quando eu da rua gritei:

"Tá, que não é cortesia
entrar só vossa mercê,
deixando-me a mim na rua,
que de inveja morrerei."

"Também você tem licença
(me disse a Moça) porque
onde há lei de cortesia
não val comigo outra lei."

Palavras não eram ditas,
quando eu logo a quatro pés
me emboquei pela urupema,
tomei vênia, e me assentei.

Fitei os olhos na Moça
e embasbacado de a ver
estive co'a alma no papo
morrerei, não morrerei.

Mas subindo-me à memória,
que era obrigado por fé
servir ao menos sete anos
Jacó à bela Raquel;

Acordei do paracismo,
e fiz tanto por viver,

que estou capaz de pintar-vos
quão jeitosa a Moça é.

Era, se creio a meus olhos,
e é crível o meu pincel,
Anjo disfarçada em Dama,
ou flor mentida em mulher.

Era um sol: mal a comparo:
porque o sol que tem que ver,
tendo a caraça redonda
mascarada de ouropel?

Era uma estrela: pior,
a estrela que tem que ver?
é pisca em anoitecendo,
e vesga ao amanhecer.

Era uma joia; mal disse;
porque com quatro vinténs
se compra uma boa joia,
e esta Moça nem com dez.

Era um diamante; tampouco,
que o diamante vem a ser
um parto bruto da terra,
e ela imagem de Deus é.

Eu digo desta vez: era
Maria: mas não sei, em que
se me pega a voz, que enfim
não acabo de o dizer.

Digo, que era Mariana
"disse-o?" que remédio tem?

já dei c'o segredo em terra;
mal fiz: mas aliviei.

É linda; e que manso o digo:
tem garbo: e como que o tem,
é bonita, não sei como,
e tem graça como quê.

Mais que o favor, e o carinho
da mais formosa mulher
val de Mariana um riso:
que digo um riso? um desdém.

Neste estado ia o debuxo
deste meu tosco pincel,
quando pela porta entrou
todo o firmamento a pé.

Entrou uma linda Moça,
que mora logo através,
pela porta do quintal,
traidoramente fiel.

Fizemos-lhes a reverência,
e ela com gentil prazer
nos disse "as de vossarcedes,
e nós as de vossarcê."

Foi-se a ela o meu amigo
quel Pirata Dunquerqué,
e a rendeu a bom partido,
porque pediu bom quartel.

Estimei a ocasião,
porque co'a outra fiquei

tão só, que os meus segredinhos
lhe pude entonces dizer.

Fretam-nos finalmente
para a semana, que vem,
que por estar achacada,
de achaque se quis valer.

A outra Moça do amigo
ficou fretada também
para qualquer outro dia,
porque bem sabe em qualquer.

Isto, Senhores Poetas,
é, o que à quarta passei,
e o que suceder à quinta,
direi a vossas mercês.

[184]

Recolhido o Poeta à sua casa assazmente namorado do que havia visto: não pode sossegar seu amante gênio, que lhe não mandasse no outro dia este encarecimento de seu amor.

Soneto

Ontem quando te vi, meu doce emprego,
Tão perdido fiquei por ti, meu bem,
Que parece, este amor nasce, de quem
Por amar-te já vive sem sossego,

Essa luz de teus olhos me tem cego,
E tão cego, Senhora, eles me têm,
Que é fineza o adorar-te, e assim convém,
A ti, ó rica prenda, o desapego.

Eu buscar-te, meu bem, isso é fineza,
Tu deixares de amar-me é desfavor,
Eu amar-te com fé, isso é firmeza.

Tu ausente de mim, vê, que é rigor,
Nota pois, que farei, rica beleza,
Quando amar-te desejo com primor.

[185]

Torna o Poeta a instar segunda vez sem se afastar do seu encarecimento.

Décima

Maricas, quando te eu vi,
tanto a minha alma roubastes,
que não sei, se me acabastes,
ou se eu fui, que me perdi:
porém sempre presumi,
que este amor, que há entre nós,
causa pena tão atroz,
que a mim no fim me tem posto,
porque nada me dá gosto
quando me vejo sem vós.

97 [186]

À mudança que fez esta dama faz agora o Poeta menção.

Décimas

1
Tenho por admiração,
Menina, e por coisa rara,
que mudásseis vós de cara,
porém não de condição:
vendo-vos nesta ocasião
de feições tão desmentida,
mais dura, e mais sacudida,
vos julguei (porque o revele)
qual cobra, que despe a pele,
mas não põe emenda à vida.

2
Como não terá desgosto,
quem adora uma beleza,
se sem mudar natureza
tão mudada está de rosto?
para vós me dareis gosto,
e pegardes minha fé,
o que haveis de fazer, é,
(por dar-me algum galardão)
mudares de condição,
mas de cara, para quê?

3
Cara, que já me agradara
por bonita, e por graciosa,

comigo é mudança ociosa,
convosco é mudança cara:
se Amor vos desenganara,
que me parecíeis bem,
não tivéreis vós por quem
fazer esta variação,
sendo vária na afeição,
e tão firme no desdém.

4
Não digo, minha Senhora,
mal da vossa perfeição;
quero Mariana de então,
e não Mariana de agora:
que quem vos ama, e adora
tão firme, e constantemente,
quer, que saiba toda a gente,
que minha alma enamorada
não dá Mariana passada
por Mariana presente.

5
Quem faz mudanças na cara,
bem que não no coração,
sempre deixa a presunção,
que por pouco se mudara:
eu a amar-vos não chegara
sem ter por delito atroz,
que haja mudança entre nós:
pois não só mudar se chama,
irdes vós para outra Dama,
como de vós para vós.

6
Ou mudada, ou não mudada
vos afirmo reverente,

que sois mais moça ao presente
para ser fruita passada:
e está tão idolatrada
de mim essa cara bela,
que ou seja esta, ou aquela,
o que agora importa, é,
que deis um jeito, com que
eu pobre me logre dela.

[189]

À mesma Mariana pedindo lhe fizesse uns versos, encontrando-a no mar indo para fora.

Décimas

1
Os versos, que me pedis,
podendo-os mandar formar,
que vós por me não mandar,
não mandareis dois ceitis:
como sem assunto os fiz,
pois vós a vosso contento,
não destes o pensamento,
os rasgues, por ser melhor
assunto do meu amor,
que o vosso contentamento.

2
Por sete anos de Pastor
serviu Jacó a Raquel,
eu servi a uma cruel,
mais de sete anos de amor:
a Jacó lhe foi traidor
Labão: cuja aleivosia
por Raquel lhe entregou Lia,
e a mim não pior me vai,
se me não engana um Pai,
veio a enganar-me uma Tia.

3
Esta tão assegurada
me propôs a refestela,

que cuidei, que tinha nela
a tutia preparada:
enganou-me de malvada
tanto pior, que Labão,
que Lia a Jacó lhe dão,
bem que com sorte trocada,
e a mim nem Lia nem nada
me deram, dão, nem darão.

4
Oito anos há, que fiel,
estou servindo a um amor,
que Labão não foi pior,
porque vós sois a Raquel:
esta ingratidão cruel
foi o meu triste alimento
oito anos, e fora um cento,
porque quem chega a querer
para ajudar-se a viver
faz do Malquerer sustento.

5
Ontem vos topei no mar
em uma barca tão breve,
que nem por ligeira, e leve
vos pôde a vista alcançar:
pus-me logo a duvidar,
vendo-vos ir sobre a popa,
se seríeis vós Europa
sobre a vaca fabulosa,
mas vós íreis mais formosa,
do que Europa, e toda Europa.

6
Se hei de dizer-vos verdade,
e me haveis de crer a mim,

até o meu bergantim
ficou morto de saudade:
ficou de tal qualidade
a barquinha entropecida,
que nem do vento impelida,
nem do remo forcejada
se moveu, antes pasmada,
que a vi por vós perdida.

7
Com trabalho em tanta calma,
(que o trabalho havia eu tido,
por não haver conhecido;
o que tinha dentro n'alma)
levei do perigo a palma,
e ao porto o bergantim,
e saindo dele enfim
soube já na terra lhana,
que éreis vós a Mariana
disfarçada em serafim.

8
Então fiquei mais absorto,
mais sentido, e pesaroso
mais amante, e mais saudoso,
enfim então fiquei morto:
nestes versos me conforto,
pois neles se queixa Amor:
e inda que o vosso favor
é coisa, que nunca espero,
digo ao menos, que vos quero,
e alivio a minha dor.

99 [193]

Sentiu-se Mariana de que o Poeta publicasse seu nome sabendo, o que devia a Tomás Patrício, e que perseverasse ainda na empresa, ao que responde o Poeta com o seguinte

MOTE
Se tomar minha pena em penitência
Do erro em que caiu o pensamento
Não abranda, mas dobra meu tormento:
A isto, e a mais obriga a paciência.

Oitavas

1
Bem conheço, Senhor, que hei errado,
Em pedir-vos afeto tão rendido,
Mas bem vedes, que andei muito acertado,
Em vos dar meu amor enternecido:
Baste a pena de não ser vosso amado,
Se punir-me quereis por atrevido,
Que mereço da culpa a indulgência,
Se tomar minha pena em penitência.

2
Quando viram meus olhos a beleza
Desse rosto, e os mates dessa graça,
Logo a fé de querer-vos com firmeza
Dedicar-vos pensei de amor por traça:
Se julgais por arrojo esta fineza,
Ou dizeis, que é meu erro por desgraça,
Emendar-me, Senhora, não intento
Do erro em que caiu o pensamento.

3
Sim dos tempos fiar posso a ventura,
Porque o tempo domina na vontade,
Mas medicina é esta, que não cura
De um amor excessivo a enfermidade:
Porque eu logre essa rara formosura
Quer Amor, que deixeis a crueldade,
Que o remédio do tempo, como é lento,
Não abranda, mas dobra meu tormento.

4
Nesse cravo partido por fiança
Se o remédio do tempo é aplicado,
Não duvido, que só desta esperança
Viver possa o amor mais alentado:
Abster quero já agora da esquivança
Meu amor na esperança sossegado,
Que a viver um amor em abstinência
A isto, e a mais obriga a paciência.

100 [195]

Adoecendo Mariana galanteia o Poeta sua enfermidade.

Romance

Enfermou Clóri, Pastores,
por ter de humana um só és,
que também padece males,
quem logra em si tantos bens.

Clóri, digo, aquele extremo
de formosura cruel,
que a quantos vê, tira a vida,
hoje prostrada se vê.

Triunfa agora o achaque,
o que nunca fez ninguém,
porque levar Clóri à cama,
o mal só agora fez.

Dizem, que adoeceu Clóri,
por lhe faltar não sei quê,
eu não sei, que faltar possa,
a quem tão perfeita é.

Mover dúvidas podia
esta doença fazer,
porque haver em Clóri faltas
grande causa é de as morrer.

Nunca quis Clóri sangrar-se
nos braços, senão nos pés,

que de puro soberana,
não dá seu braço a torcer.

Mostrou seu pé ao Barbeiro,
que com suspensão cortês,
inda que água era mui pouca,
não podia tomar pé.

Água fria pediu logo
com brevidade, porque
com a quente se podia
tanta neve derreter.

Então vadio o Barbeiro
com Clóri quis entender
que como a colheu descalça,
dizem, que a picara bem.

Desmaiou Clóri sentida,
dando bem a perceber,
que a tal sangria lhe custa
gotas de sangue esta vez.

Com sal na boca diverte
o desmaio, mas eu sei,
que boca tão engraçada
nenhum sal há de mister

Que foi supérfluo o remédio
do sal, não duvide alguém,
porque quem é luz do mundo,
sal da terra deve ser.

Logrou bem o sangrador
privilégios de Moisés,

da pedra não, mas de um jaspe
fez também sangue correr.

Agora chegai, formosas,
nestas cores aprender
o melhor branco da neve,
do coral o mais fiel.

Chegai a ver estes mares,
onde em crescida maré
dentre a neve matizada
belos rubis colhereis.

Todas, as que amor lhe tinham,
parece, que ódio lhe têm
pelo muito, que desejam
chegar seu sangue a beber.

Mas todos ficam em branco,
quando vëm convalescer
a Clóri do seu desmaio,
e da doença também.

101 [198]

Continua o Poeta na mesma empresa de ser admitido fazendo gala do seu mesmo desprezo.

MOTE
Não me queixo de ninguém,
se bem, que por vida minha
que bastante causa tinha
para queixar-me de alguém.

Décimas

1
Queixar-me a mais não poder
é despedir o pesar:
amar, querer, e queixar
é queixar-se do querer:
eu, que isto sei entender,
e alcanço, que me está bem
não queixar-me de um desdém
por mostrar, que estimo a causa,
dando a meus alívios pausa,
Não me queixo de ninguém.

2
Se me queixo de uma dor,
abro a porta a meu tormento,
e não perco um sentimento
porquanto gastos dá Amor:
vencer a pena é melhor,
que render-se a uma dorzinha:
e quando a Parca mesquinha
da vida os fios me corte,

passarei por minha morte,
Se bem, que por vida minha.

3
Se Clóri de mui querida
é alma do meu viver,
porque a morte hei de temer
dada pelas mãos da vida?
que vida mais bem perdida,
que dar eu, não sendo minha,
a vida, a quem ma sustinha?
e quando não baste isto,
sei eu, por havê-la visto,
Que bastante causa tinha.

4
Bastante causa tivera,
já que não para queixar-me,
para morrer, e matar-me
por calar pena tão fera:
e inda que a fineza era
calar o rigor, de quem
me mata a puro desdém,
calar por mais perfeição
não tira o ter eu razão,
Para queixar-me de alguém.

[201]

Foi presa Mariana pelos repetidos escândalos com Tomás Patrício por ordem de sua Ilustríssima, e raivoso o Poeta do passado lhe fez este

---

Soneto

Está presa uma Dama no Xadrez,
Um novo serafim de Satanás,
Aquela, que em querer muito a Tomás,
Esta já feita a roupa de Francês.

Mudou de herege a Idolatrino Inglês,
E sacrifica tanto este Mangaz,
Que de tudo, o que tem vítima faz,
E dá c'os burros n'água desta vez.

Presa uma Dama? nome de Jesus!
Mas eu digo, que foi reto o Juiz,
Que a condena à prisão por esta cruz;

Porque o caso é tremendo, e o mundo diz,
Que se mata uma Rola, uma Avestruz
Por um herege de tão grão nariz.

103 [202]

À fugida que fez da cadeia Mariana com o favor do chanceler da Relação deste Estado, com quem ela tinha alguns desonestos divertimentos.

Décimas

1
Na gaiola episcopal
caiu por dar no pinguelo
um pássaro de cabelo
pouco maior, que um Pardal:
o Passareiro real
ou de lástima, ou carinho,
ou já por dar-lhe c'o ninho,
brecha lhe abriu na gaiola:
não quis mais a passarola,
foi-se como um passarinho.

2
A Rolinha, que as amola,
zomba, de quem se desvela,
por colhê-la na esparrela,
ou tomá-la na gaiola:
não é passarinho a Rola,
que no débil embaraço
caia de linho, ou sedaço,
salvo um Mazulo nariz
se lhe põem por chamariz,
que então cairá no laço.

3
Se o Prelado tem jactância
de a tornar a reduzir,

ojos, que la vieron ir,
no la verán más en Francia:
que ela de estância em distância,
e de amigo em amigão
assegura o cordovão,
porque é segura cautela,
que quem se prende com ela,
não a dá a outra prisão.

4
Quem no mundo há de ter modos
de prender uma mulher
tão destríssima em prender,
que de um olhar prende a todos:
que Medos, Partos, ou Godos,
que Ministro, ou Regedor
a há de prender em rigor,
se ela àqueles, que por lei
prendem da parte d'El-Rei,
prende da parte do Amor.

104 [206]

Pede o Poeta nesta obra conta do seu proceder a suas irmãs Eugênia e Macota.

Romance

Eugênia, convosco falo,
e com Macota também,
dai-me novas de Babu,
se acaso dela sabeis.

Que me dizem, que esta noite
a bruxa se foi meter
e ninguém a viu em casa
até que amanheceu.

Dizei-me, se está arranhada,
porque se está, sinal é,
que andou por barro de folha
Carmo aquém, Carmo além.

Eu não sinto estas mudanças,
e só me queixo, de que
correndo a cidade toda
não chegasse a esse vergel.

Porque pudera eu sair,
e acompanhá-la também
por todo esse Iararipe
e embruxar toda a mulher.

A minha fora a primeira,
e morrendo de uma vez

casar-me-ia com Babu,
para ter cunhadas três.

Qualquer delas me fizera
mil regalos, mil mercês,
e engordando como um Conde
levará vida de rei.

Mas ela me tem tal ódio,
que fugirá té de ser
madrasta do Gonçalinho,
que é lindo enteado à fé.

Vós Eugênia, e vós Macota,
vigiai-me essa Mulher,
que é bruxa, e tem-se embruxado
desde a cabeça até os pés.

Porque ou há de resolver-se
a querer, que a queira eu,
ou lhe hei de tirar o sangue,
e o fadário há de perder.

Não quero, que seja a bruxa,
ou hei de sê-lo também
para acompanhar de noite,
e de dia a recolher.

Aliás hei de acusá-la
a seu Pai, quando vier,
porque se em prisões me mata,
em prisões morra também.

[208]

Pondera que os desdéns seguem sempre como sombras o sol da formosura.

Soneto

Cada dia vos cresce a formosura,
Babu, e tanto cresce, que me embaça,
Se cresce contra mim, alta desgraça,
Se cresce para mim, alta ventura.

Se cresce por chegar-me à mor loucura,
Para seres mais dura, e mais escassa,
Tal rosto se não mude, antes se faça
Mais firme do que a minha desventura.

De que pode servir, seres mais bela,
Ver-vos mais soberana, e desdenhosa?
Dai ao demo a beleza, que atropela.

Bendita seja a feia, e a ranhosa,
Que roga, que suspira, e se desvela
Por dar-se toda a troco de uma prosa.

[212]

Colhe-se do estilo destas obras que o amor desta dama não inquietava ao Poeta.

Romance

Babu: como há de ser isto?
eu já me sinto acabar,
e estou tão intercadente,
que não chegue até amanhã.

Morro de vossa beleza,
se ela me há de matar,
como creio, que me mata,
formosa morte será.

Mas seja formosa, ou feia,
se o Deão me há de enterrar,
por mais formosa que seja,
sempre caveira será.

Todos aqui desconfiam
tudo é já desconfiar
da minha vida os doutores
e eu do vosso natural.

Desconfio, de que abrande
vosso rigor pertinaz,
e a minha vida sem cura
sem dúvida acabará.

Porque se estais incurável,
e tão sem remédio vai

o achaque de não querer-me,
e o mal de querer-me mal:

Que esperança posso ter,
ou que remédio há capaz,
se vós sois a minha vida,
e morreis por me matar?

Amor é união das almas
em conformidade tal,
que, porque estais sem remédio,
por contágio me matais.

Curai-me do mal querer-me,
e do fastio, em que estais
à minha triste figura,
que ao demo enfastiará.

Comei, e seja o bocado,
que com gosto se vos dá,
porque em vós convalescendo,
então me hei de eu levantar.

Assim sararemos ambos,
porque se vós enfermais
pelo contágio, o remédio
por simpatia será.

Vós, Babu, virais-me as costas?
pois eu feito outro que tal,
estou às portas da morte,
e a fala me falta já.

Quero fazer testamento,
mas já não posso falar,

que vós por costume antigo
sempre a fala me quitais.

Mas testarei por acenos,
que tudo em direito há
e se por louco não posso,
posso por louco em amar.

Todos meus bens, se os tivera,
os deixara a vós não mais,
mas deixo-vos para os outros,
que é, o que posso deixar.

Se hei de deixar-me a vós
quantos bens no mundo há,
em vos deixar a vós mesma,
arta deixada ficais.

Em sufrágios da minha alma
não gasteis o cabedal,
que aos vossos rigores feito,
penas não hei de estranhar.

Mas se por minhas virtudes,
ou se por vos jejuar,
ou se por tantas novenas,
que à vossa imagem fiz já:

Vos mereço algum perdão
dos pecados, que fiz cá,
assim em vos perseguir
como em vos desagradar.

Com as mãos postas vos peço,
que no vosso universal

juízo mandeis minha alma
ao vosso céu descansar.

Não a mandeis ao inferno
que arto inferno passou cá,
Adeus, apertai-me a mão,
que eu já vou a enterrar.

107 [216]

Enfermou o Poeta da vista de Bárbora, fez o seu testamento, e acabou os dias: mas apenas foi visto pela mesma dama logo ressurgiu para novas finezas: e isto é ser lázaro de amor. Diz, que se há de casar com Bárbora, e em consciência o podia fazer: porque quem ressurge, não está obrigado ao primeiro matrimônio.

Décimas

1
Ontem para ressurgir
vos tornei, Babu, a ver,
e tornou-se-me a acender
o gosto de vos servir:
não vos quereis persuadir,
a que eu com todo o primor
mereça o vosso favor,
porque em casando-me absorto
cuida o Brasil, que sou morto
para negócios de amor.

2
O Brasil é um velhaco,
um falso, e um embusteiro,
porque ou casado, ou solteiro
quanto ensaco, desensaco:
e a vez que me desataco,
a pecúnia tanta, ou quanta
deu por pagar mercê tanta;
porque sei, que na Bahia
a coisa por qualquer via
val, conforme se levanta.

3
Se por casado não sigo
a dita de vos servir,
daqui venho a inferir,
que quereis casar comigo:
casemo-nos, que o perigo,
que eu corro, é ser açoutado
por duas vezes casado;
e quando nisto me encoutem,
que me dá a mim, que me açoutem
depois de vos ter logrado?

4
A Cota, que é toda treta,
vendo, que o algoz madraço
me vai limpando o espinhaço
com toalha de vaqueta,
rirá como uma doideta,
e dando um, e outro amém,
alegre dirá, inda bem,
que me deu Deus um cunhado
homem de bem no costado,
e nas costas de rebém.

5
Ora sus, minha Senhora,
já me canso de esperar,
dai-vos pressa a me chamar,
e não seja ali a desoras:
que para quem se namora
de vários aventureiros,
se os quer trazer prazenteiros,
há de ter sempre chamados
ao meio-dia os casados,
e à meia-noite os solteiros.

108 [219]

Esta cantiga acomoda o Poeta com proporção a Bárbora pelo nome e trato, não deixando de fora os seus amantes desejos.

MOTE
Pobre de ti, Barboleta,
imitação do meu mal,
que em chegando ao fogo morres,
porque morres, por chegar.

Décimas

1
Passeias em giro a chama,
simples Barboleta, em hora,
que se a chama te enamora,
teu mesmo estrago te chama:
se o seu precipício ama,
quem o seu mal inquieta,
e tu simples, e indiscreta
tens por formosura grata
luz, que traidora te mata,
Pobre de ti, Barboleta.

2
Ou tu imitas meu ser,
ou eu tua natureza,
pois na luz de uma beleza,
ando ardendo por arder:
se à luz, que vejo acender,
te arrojas tão cega, e tal
que imitas ao natural,

com que arder por ti me vês,
me obrigas a dizer, que és
Imitação do meu mal.

3
És, Barboleta, comua,
pois a toda luz te botas,
e eu cego, se bem o notas,
sou só, Barboleta, tua:
qualquer segue a estrela sua,
mas tu melhor te socorres,
quando em fogo algum te torres,
porque eu nunca ao fogo chego,
e tu logras tal sossego,
Que em chegando ao fogo morres.

4
Tu mais feliz, ao que entendo,
inda que percas a vida,
porque a dá por bem perdida,
quem vive de andar morrendo:
eu não morro, e o pertendo,
porque falta a meu pesar
a fortuna de acabar:
tu morres, e tu sossegas,
e vais morta, quando cegas,
Porque morres por chegar.

[221]

Amorosa hipocrisia de conformidade em penas.

Romance

Deus vos dê vida, Babu,
para tirar-me, a que tenho,
que segundo usais comigo,
eu vos não sinto outro jeito.

Todo o bairro sente o dano,
que ides ao bairro fazendo,
só eu não sinto o meu mal,
mas antes vo-lo agradeço.

Porque se a vossa beleza
é causa do meu tormento,
como hei de sentir meu mal,
se é tão forçoso, e tão belo.

Matai-me, embora, contanto
que saibam, que estou morrendo,
Babu, de vossa beleza,
porque entendam, que o mereço.

Quem perder por vós a vida,
e com tal merecimento,
que chegue a morrer por vós,
que mais quer, que merecê-lo?

É verdade, que lastimo,
aos que assim me vëm morrendo,

que a glória do padecer
não pode entendê-la um néscio.

Lástima os néscios me têm,
e poderão ter-me os néscios
de ver-me morrer inveja,
mais de que ver-me vivendo.

Viver, não pode, quem ama,
e eu olvidar-vos não quero,
se hei de morrer, quando amo,
e viver, quando aborreço.

Morra embora de adorar-vos,
que este é formoso tormento,
esta a suave agonia,
este o pesar lisonjeiro.

Dai-me licença, que escolha,
nestes dois contrários meios
antes morrer por amar-vos,
que viver de aborrecer-vos.

[223]

De uma queda que deu o Poeta em casa desta Bárbora, ergue novos conceitos à sua rogativa.

Romance

Fui, Babu, à vossa casa
e indo com sentido em mim,
do sentido combatido
vim finalmente a cair.

Com cair a vossos pés
nenhum resguardo senti,
porque eram vossos sapatos
poucos para me cobrir.

Fui reverente a beijá-los,
e querendo-o conseguir
sobrou boca, e faltou pé,
e assim os beijos perdi.

Que com pé tão pequenino
tão abreviado, e sutil
uma boca desmedida
faz maridagem ruim.

Ergui-me por melhorar,
e então menos consegui,
que se os pés por si me fogem,
vós c'os braços me fugis.

Fiquei muito envergonhado,
e em caso tão infeliz

envergonhei-me de ver-vos,
porém não me arrependi.

Mas se o meu sangue, e meus rogos,
vos não podem persuadir,
verta-se o sangue em dilúvios,
e os rogos em frenesi.

Não se quis o meu rogado,
pois no instante, em que vos vi,
se inclinou meu sangue ao vosso,
e rebentou por se unir.

Para queimardes-me o sangue,
me matar, e me afligir
rogos não são necessários,
para admitir-me isso sim.

E tão bom dia, que bastem
para um amor se admitir,
pois rogar, a quem não ama,
é tão mau, como pedir.

Por isso nunca vos peço,
que não sais vós a Beatriz,
que me hei de fazer ditoso
com vossa graça a ceitis.

Pois por dar-vos desenganos
vós, como os dou a mim,
sabei, que hei de sempre amar-vos
uma vez, que bem vos vi.

Pois esse rosto de neve,
esses dedos de jesmim,

esse Maio florescente
de boca, que bota Abris,

Me estão sempre aconselhando,
que vos queira, pois vos quis,
que vos sofra, pois vos amo,
vos busque, pois vos perdi.

[224]

Despedida em cantigas amorosas que faz a uma dama que se ausentava.

Romance

Já vos ides, ai meu bem!
já de mim vos ausentais?
morrerei de saudades,
se partis, e me deixais.

É forçoso este argumento,
tem conclusão infalível,
ires vós, e ficar eu,
meu amor, como é possível?

Meu amor, sem vós não sei,
como poderei ficar,
se vós partis, morrerei
ao rigor do meu pesar.

Esperai detende o passo,
que cada arranco, que dais,
sendo a vida da minha alma,
alma, e vida me levais.

Ó que rigoroso transe,
e saudosa despedida!
já sinto efeitos da morte
com os efeitos da vida.

Lágrimas aljofaradas,
como assim vos despenhais,
sem atender tiranias,
nem atender a meus ais.

Adeus de mim muito amada
prenda, que me dais mil dores,
como mais não hei de ver-vos,
adeus, adeus, meus amores.

112 [226]
Ao mesmo assunto.

Décimas

1
Babu: o ter eu caído,
nenhum susto me tem dado,
porque a vossos pés prostrado
me julgo então mais subido:
direis, que fiquei sentido:
mas sabei, que não sentira,
inda que me não subira
o cair, onde caí,
se como no chão me vi,
convosco em terra me vira.

2
Porém que isso me suceda,
por mais quedas, que inda dê,
não creio, pois vejo, que
não tenho convosco queda,
vossa crueza me veda
este bem, que entanto abraço:
quem viu semelhante passo,
que encontre meu desvario,
Babu, em vosso desvio
a minha queda embaraço?

3
Confesso, que então caído
fiz tenção de me sangrar,

mas não me quis mais picar,
porque assaz fiquei corrido:
não andei pouco advertido
(falo, como quem vos ama)
porque eu sei, formosa Dama,
que por mais que me sangrasse
livre estou, de que chegasse
a ver-me por vós na cama.

4
E com toda essa desgraça
por satisfeito me dera,
se com cair merecera
sequer cair-vos em graça:
mas porque, Babu, eu faça
desta queda estimação
inda sobeja razão,
se a queda motivo é
de prostrar-me a vosso pé,
para beijar-vos a mão.

113 [228]

Vendo-se finalmente em uma ocasião tão perseguida esta dama do Poeta, assentiu no prêmio de suas finezas; com condição porém, que se queria primeiro lavar; ao que ele respondeu com a sua costumada jocoseria.

Décimas

1
O lavar depois importa,
porque antes em água fria
estarei eu noite, e dia
batendo-vos sempre à porta:
depois que um homem aperta,
faz bem força por entrar,
e se hei de o postigo achar
fechado com frialdade,
antes quero a sujidade,
porque enfim me hei de atochar.

2
Não serve o falar de fora,
Babu, vós bem o sabeis,
dai-me em modo, que atocheis,
e esteja ele sujo embora:
e se achais, minha Senhora,
que estes são os meus senãos,
não fiquem meus gostos vãos,
nem vós por isso amuada,
que ou lavada, ou não lavada
cousa é, de que lavo as mãos.

3
Lavai-vos, minha Babu,
cada vez que vós quiseres,
já que aqui são as mulheres
lavandeiras do seu cu:
juro-vos por Berzabu,
que me dava algum pesar
vosso contínuo lavar,
e agora estou nisso lhano,
pois nunca se lava o pano,
senão para se esfregar.

4
A que se esfrega amiúdo
se há de amiúdo lavar,
porque lavar, e esfregar
quase a um tempo se faz tudo:
se vós por modo sisudo
o quereis sempre lavado,
passe: e se tendes cuidado
de lavar o vosso cujo
por meu esfregão ser sujo,
já me dou por agravado.

5
Lavar a carne é desgraça
em toda a parte do Norte,
porque diz, que dessa sorte
perde a carne o sal, e graça:
e se vós por esta traça
lhe tirais ao passarete
o sal, a graça, e o cheirete,
em pouco a dúvida topa,
se me quereis dar a sopa,
dai-ma com todo o sainete.

6
Se reparais na limpeza,
ides enganada em suma,
porque em tirando-se a escuma,
fica a carne uma pureza:
fiai da minha destreza,
que nesse apertado caso
vos hei de escumar o vaso
com tal acerto, e escolha,
que há de recender à olha
desde o Nascente ao Ocaso.

7
As Damas, que mais lavadas
costumam trazer as peças,
e disso se prezam, essas
são Damas mais deslavadas:
porque vivendo aplicadas
a lavar-se, e mais lavar-se
deviam desenganar-se,
de que se não lavam bem,
porque mal se lava, quem
se lava para sujar-se.

8
Lavar para me sujar
isso é sujar-me em verdade,
lavar para a sujidade
fora melhor não lavar:
do que serve pois andar
lavando antes que mo deis?
Lavai-vos, quando o sujeis,
e porque vos fique o ensaio,
depois de foder lavai-o,
mas antes não o laveis.

114 [234]

Achando-se o Poeta em uma festividade na igreja de São Francisco daquela vila, viu estas três moças; e entrando em questão com outros amigos, que ali estavam sobre qual era a mais formosa, elege entre as três a Joana por mais formosa e singular.

1
Dão agora em contender
sobre qual Moça é mais bela,
Joana, se a parentela,
e eu me não sei resolver:
se eu pudera Páris ser
de tão diversos Zagalos,
de tais garbos, de tais galas,
não só Joana julgara,
que as mais prefere na cara
mas a Vênus, Juno, e Palas.

2
Se Páris julgou com risco,
pois pela sentença dada
vemos Troia abrasada,
arda embora São Francisco:
reduzido à cinza, ou cisco
o sítio de idade a idade
dê assunto à posteridade:
arda o sítio, o mundo arda,
viva Joana galharda,
e eu morra pela verdade.

3
As mais são muito formosas,
mui graves, e mui atentas,

mas Joana entre as Parentas
é Almirante entre as rosas:
as estrelas luminosas
sendo à Lua paralelas
são belas, mas menos belas,
e assim Joana em rigor
sendo a Luminar maior
é mais bela, que as estrelas.

4
Um Céu a Igreja se viu,
onde em luzido arrebol,
brilham astros, veio o Sol,
e as estrelas desluziu:
qual sol Joana subiu,
e os astros escureceu;
se o que sucede no Céu,
sucede na Terra enfim,
bem haja eu, que o julgo assim,
porque assim me pareceu.

[236]

Retrata o Poeta as galhardas perfeições desta dama sem hipérbole de encarecimento.

Seguidilha

Retratar ao bizarro
quero Joanica,
por ser moça, galharda
sobre bonita.

Que os cabelos são d'ouro,
não se duvida,
porque o Sol é Joana,
que o certifica.

São seus olhos por claros
alvas do dia,
que põem de ponto em branco
a rapariga.

Certo dia encontrei,
que alegre ria,
mas não vi, que de prata
os dentes tinha.

Por entre eles a língua
mal se divisa,
mas é certo, que fala
como entendida.

A boquinha bem feita,
e pequenina

a pedir vem de boca
por bonitinha.

Que tem mãos liberais,
quem o duvida,
que as mãos sempre lavadas
dá como rica.

Da camisa o cambrai
tem rendas finas,
e eu lá vi, que os peitinhos
me davam figas.

Ser de peito atacado
me parecia
porque muito delgada
a cinta tinha.

Com um guarda-pé verde
os pés cobria,
sendo que tomou pé
para ser vista.

Sim julguei, que pequenos
os pés teria,
quando vi que de firme
mui pouco tinha.

E com isto vos juro
minha Menina,
que vos quero, e vos amo
por minha vida.

116 [239]

Descaindo esta moça da graça do Poeta, a sacode com a mesma pena, que a louvou nas obras antecedentes, aparecendo com uma saia verde.

Décima

Quando lá no ameno prado
a Mãe Eva a graça perde,
vestiu-se logo de verde
em sinal de haver pecado:
a Dama nos há mostrado
no verde a sua caída;
se Eva de puro sentida
logo de verde se enluta,
esta, que provou a fruta,
de verde seja vestida.

[241]

Viu o Poeta esta formosura, e desta sorte começa a encarecer suas altas prendas.

Soneto

Peregrina Florência Portuguesa,
Se em venda vos puser o Deus vendado,
Pouco estima o seu gosto, e seu cuidado,
Quem, Florência, por vós não der Veneza.

Eu entre a formosura, e a riqueza
De um, e outro domínio dilatado,
Não desejara estado por estado,
Mas trocara beleza por beleza.

Só, Florência, por vossa flor tão pura
Um reino inteiro, não uma cidade
Deve dar, quem saber amar procura.

Em vós do mundo admiro a majestade,
Quanto é mais que a grandeza a formosura,
Menos a monarquia, que a deidade.

118 [242]

Passando o Poeta em certa ocasião pela porta desta galharda dama reparou, que à sua vista expusera no peito um ramilhete de flores, que tinha na mão.

Romance

Flores na mão de uma flor,
Floralva, nunca tal vi,
quem viu flores pela neve?
quem viu neve por Abril?

Flor, que fala, flor, que zomba,
e de toda a flor se ri,
deve ser nevado nácar,
ou nacarado jesmim.

Na esfera do vosso peito
souberam ontem luzir
as fragrâncias raio a raio,
os raios rubi, a rubi.

No peito as flores pusestes,
e eu não posso conseguir
a dita de vossas flores,
que sou convosco infeliz.

Não vi tal tropel de luzes
em concurso de jesmins
vibravam fragrância os raios,
chispavam fogo os Abris.

Porém, lembra-te Floralva,
que eu não passo por aí,

porque a vossa flor me cheira,
a que não me heis de admitir.

Importa estares de acordo,
que se entro em vosso jardim,
por mais que me defendais,
hei de colher, quanto vir.

Já não colherei a flor,
porque não sou tão infeliz,
mas c'o cheiro me contento,
que é dádiva do Brasil.

[244]

Responde Floralva pelos mesmos consoantes.

Romance

Quem me engrandece por flor,
muitos dias há, que vi,
sem fazer caso da neve
nem me dar cuidado Abril.

Eu sou flor, que fala, e zomba,
e flor que também se ri
já do acendido do nácar,
já do mais claro jesmim.

Cá na esfera do meu peito
hoje só sabem luzir
as finezas raio a raio,
o fino rubi a rubi.

Vós fostes, que a flor pusestes
no peito; e quem conseguir
pertendia flor com flores,
não se reputa infeliz.

Inda não vistes de luzes
tal tropel? nem de jesmim
tal fragrância? pois são raios
dos meus passados Abris.

Nada lembreis de Floralva,
que eu não passo por aí,

e esse cheiro, que vos cheiram
bem o podeis admitir.

Não há, que pôr-me de acordo
de entrar cá no meu jardim,
em que vós mo defendais,
não vos hei de deixar vir.

Porque aqui a colher flores
entra só, quem é feliz
e com ele me contento,
e nada mais do Brasil.

120 [245]
Torna o Poeta a instar segunda vez.

Décimas

1
Bela Floralva, se Amor
me fizera abelha um dia,
todo esse dia estaria
picado na vossa flor:
e quando o vosso rigor
quisestes dar-me de mão
por guardar a flor, então
tão abelhudo eu andara,
que em vós logo me vingara
com vos meter o ferrão.

2
Se eu fora a vosso vergel,
e na vossa flor picara,
um favo de mel formara
mais doce, que o mesmo mel:
mas como vós sois cruel,
e de natural castiço
deixais entrar no caniço
um Zangano comedor,
que vos rouba o mel, e a flor,
e a mim o vosso cortiço.

121 [247]
Responde Floralva pelos mesmos consoantes.

Décimas

1
Senhor Abelha, se Amor
fizesse abelhudo um dia,
sem dúvida, que estaria
doido à vista desta flor:
tal demasia, e rigor
merecia: mas de mão
quero dar-lhe, porque então,
quando eu rigorosa andara,
de outra sorte me vingara
do equívoco do ferrão.

2
Entrar cá no meu vergel
não presuma, e me picara,
se acaso disso formara
escrúpulos: e este mel
é, de quem menos cruel
me trata, Senhor Castiço,
porque cá no meu caniço
o Zangano comedor,
a quem dou o mel, e a flor
é o Senhor do cortiço.

122 [248]

Terceiro pique à mesma dama.

Décimas

1
Não me farto de falar,
Floralva, em vossa flor bela,
e tanto hei de falar nela,
té que a hei de desfolhar:
que a fim de despinicar,
como fazem as mulheres
nos dourados malmequeres,
à roda a hei de despir,
até que venha a cair
a sorte no bem me queres.

2
Que coisas chega a dizer
em dois versos um Poeta,
e vós sendo tão discreta
não me acabais de entender:
porque possais perceber
outra vez direi o caso:
é pois, minha Flor, o prazo,
que torno a pedir aqui
não a flor, que já perdi,
senão a flor com seu vaso.

3
Forrai-me os largos espaços,
que dais ao vosso Matias,
pois sabeis, que há tantos dias,

morro por vossos pedaços:
os desejos já relassos
na prova da vossa olha
se querem ver na bambolha,
e se achais, que a flor em preço
é coisa, que não mereço,
dai-me ao menos uma folha.

4
Dai-me já, o que quiseres,
dai-me o cheiro dessa flor,
que é o mais leve favor,
que no Brasil dão mulheres:
e se me não concederes,
que possa essa flor cheirar,
assim só de me matar,
façamos este partido,
pois me tirais um sentido,
dai-me já o de apalpar.

[250]

Mostra finalmente meio para no mesmo desprezo continuar o seu amor com decoro, pelos mesmos consoantes.

Soneto

Ser decoroso amante, e desprezado
Fácil empresa em mim de amor há sido,
Pois não caminho sendo aborrecido
Atrás dos interesses do adorado.

Se não quer merecer o meu agrado,
Se a fé sustento, se o favor olvido,
O decoro mantenho, porque lido
Só pela propensão do meu cuidado.

Sendo tão fino enfim, meu sentimento
Não perco em adorar a autoridade,
Pois não é por lograr o meu tormento.

Logo pode o desprezo ser vaidade,
A quem com parecer do entendimento
Por prêmio não amar, mas por vontade.

124 [250]

Atônito e abrasado o Poeta nos estrondos daquela formosura sem alcançar outra cousa mais que desvios, e desdéns: torna a combater quarta vez aquele duro peito.

....

Décimas

1
Floralva: que desventura
vos foi causar o meu fado,
que sendo vosso criado,
vos mostrais cruel, e dura?
Olhai, que tal formosura,
tal donaire, e tão bons olhos
tudo se vira em abrolhos,
e eu perderei, quanto tenho,
sendo o meu maior empenho
ofertar-vo-lo de geolhos.

2
Quando vos vejo diente,
tenho grão contentamento,
porque vejo em um momento
a melhor luz do Oriente:
tendo-vos ali presente,
todo me estou gloriando
de ver, que mil mates dando
estais aos lírios, e rosas,
e que as flores de invejosas
de vos ver se vão murchando.

3
Amor, que assim se declara,
bem mostra, que está rendido,

e que empregou seu sentido
na vossa beleza rara:
e se certo não ficara
de ser bem remunerado,
morrera desesperado,
e nunca jamais amara,
antes de vós me queixara
como amante desgraçado.

125 [252]

Responde Floralva quarta vez e cada vez mais desdenhosa: e pelos mesmos consoantes.

Décimas

1
Por glória, e não desventura
tenho ver em vós tal fado,
pois obrais mais que criado
com quem é no amor tão dura:
se vos rende a formosura
garbo, e luz, que têm meus olhos,
sofrei eternos abrolhos,
pois flores pisado tenho,
por mais que façam empenho
de se prostrar de geolhos.

2
E se por me ver diente
há em vós contentamento,
sabei, que só num momento
dou luz ao claro Oriente:
e que assistindo presente
de Febo me estou gloriando,
e luz aos mais astros dando
enchendo de brios as rosas,
têm seu mate as invejosas,
pois todas se vão murchando.

3
E se tanto se declara
vosso amor assim rendido,

eu me vejo sem sentido
de ver lisonja tão rara:
porque sei, que já ficara
vosso amor remunerado,
em querer desesperado
a outra, que tanto amara,
e nunca mais se queixara
chamando-se desgraçado.

[254]

Argumenta o Poeta, (filosofando enganos) razões de fino com perseverar a todo o rigor de seu desprezo.

Soneto

Já desprezei, sou hoje desprezado,
Despojo sou, de quem triunfo hei sido,
E agora nos desdéns de aborrecido
Desconto as ufanias de adorado.

O amor me incita a um perpétuo agrado,
O decoro me obriga a um justo olvido,
E não sei, no que emprendo, e no que lido,
Se triunfe o respeito, se o cuidado.

Porém vença o mais forte sentimento,
Perca o brio maior autoridade,
Que é menos o ludíbrio, que o tormento.

Quem quer, só do querer faça vaidade,
Que quem logra em amor entendimento,
Não tem outro capricho, que a vontade.

[255]

Mostra que primeiro deve atender ao seu respeito que ao seu amor, pelos mesmos consoantes.

Soneto

Querido um tempo, agora desprezado,
Nada serei por muito, que haja sido,
Agora sinto o ver-me aborrecido,
Inda mais que estimei ver-me adorado.

Sem decoro não há manter agrado,
Se amo o desprezo, o pundonor olvido:
E nas grandes empresas sempre lido,
Que seja o brio objeto do cuidado.

Então só será justo o sentimento,
Se da perda nascer a autoridade,
Que onde injúria não há, não há tormento.

Manter respeito é honra, e não vaidade,
E a honra tem lugar no entendimento,
Que é potência mais nobre, que a vontade.

128 [257]

Responde Floralva sem se desviar do seu tema: pelo mesmo capricho de repetir os consoantes do primeiro soneto.

Soneto

Querida amei, prossigo desdenhada,
E de amor, e decoro combatida:
Me dá glória, e tormento uma ferida
Sentindo o golpe, festejando a espada.

Mas se de amor o empenho só me agrada,
Não olho, ao que o respeito me convida,
Pois se em saber amar esgoto a vida,
Em a honra perder, não perco nada.

Se o querer no desprezo é não ter brio,
Fora o deixar de amar não ter vontade,
E nada é mais em nós, que o alvedrio.

Cárcere a honra, o gosto imunidade:
Logo fora em mim cego desvario
Trocar pela prisão a liberdade.

[258]

Segunda resposta de Floralva pelos mesmos consoantes.

Soneto

Amar não quero, quando desdenhada,
Da maior afeição sou combatida,
Que em mim podem fazer menos ferida
Do Amor as setas, que do brio a espada.

Com razão o respeito só me agrada,
E em vão o afeto a injúrias me convida,
Que se nos corações o amor é vida,
A vida nos desprezos não é nada.

Entre a isenção do gosto, e ser do brio
Deve ter mais impulsos a vontade
A favor da razão, que do alvedrio.

Mais glória alcança, mais imunidade
Em fazer do desprezo desvario,
Que em fazer da fineza liberdade.

130 [260]

Continua desfavorecido em seu amor, lembrando-se agora do seu mísero desterro, natural efeito de uma grande pena trazer à memória os passados infortúnios.

Soneto

Que me queres, porfiado pensamento,
Arquiteto da minha alta loucura,
Invencível martírio, que me apura
Fatal presunção do sofrimento!

Que me queres, que dentro em um momento
Voas, corres, e tomas de andadura,
Até pôr-me na ideia a formosura,
Que é morte cor do meu contentamento!

Que queres a um ausente desterrado?
Que pois começa a morte na partida,
Por morto amor me julga, e me condena.

Se lá para viver sobrou cuidado,
E cá para morrer me sobra a vida,
Fantasma sou, que por Floralva pena.

[261]

Remete o seu cuidado às diligências do terreiro,
lisonjeando a mãe desta dama.

Soneto

Senhora Florenciana, isto me embaça
Contares vós de mim tantos agrados,
E estar eu vendo, que por meus pecados
Tenho para convosco pouca graça.

Em casa publicais, no lar, na praça
Que sou homem capaz de altos cuidados,
E nunca me ajudais c'os negregados
Que tenho com Madama de Mombaça.

Eu não sei, como passo, ou como vivo
Na pouca confiança, que me destes,
Depois que fui de Amor aljava, ou crivo.

Porque por mais mercês, que me fizestes,
Jamais me recebestes por cativo,
Nem menos para genro me quisestes.

132 [262]

De uma festividade pública onde a todos dava que sentir, se ausentou Floralva a divertir-se nas ribeiras do Capibaribe, onde tinha seus empregos.

Soneto

Ausentou-se Floralva, e ocultou
A luz, com que nas festas assistiu,
Tudo em trevas na ausência confundiu,
Porque consigo todo o sol levou.

Dizem, que Amor de medo a retirou
Tão louco, que a si próprio se feriu,
Porque do ponto, que a Floralva viu,
Só pode persuadir-se, que cegou.

Por livrá-la na terra de olho mau,
Na região de Vênus a escondeu,
Ou em um rio, de que sabe o vau.

Ó quem fora por roubo assim do Céu
Ou Jasão embarcado numa Nau,
Ou atado a um penhasco Prometeu!

133 [263]

Saudoso o Poeta daquela ausência, que fez Floralva da festividade, vai medindo esta obra pelas ideias de D. Augustín de Salazar y Torres, quando descreve a formosura de Scylla, porque tinha esta dama todas as suas perfeições ali como pintadas ao vivo.

Romance

Ó dos cerúleos abismos:
ouvi-me Deuses salobres,
que as deidades nunca faltam
ao triste clamor dos homens.

Ouve, divino Nereu,
escuta cândida Dores,
quanto contêm de um amante
de mérito os seus clamores.

Que é isto, ingratas Deidades?
como os Deuses não respondem?
como em vós piedades faltam,
que vos distinguem dos homens?

Mas já em cândidas Coreias
o pélago as Ninfas rompem,
e os largos campos colmados
de tanto embrechado monte.

Já me atendeis piedosas
mil vezes, mil vezes, nobres
Filhos do mar, quanto devem
já a vossos pés minhas vozes.

Chegai, e a neve das plantas
a neve dos mares corre,
velozes andai, que tardam,
a quem espera, os velozes.

Sabei, Nereidas, e Ninfas,
ó quem para imensas dores,
para imenso mal tivera
imensas ativas vozes!

Sabei já, sagradas Ninfas,
que em vossos mares se esconde
uma Deidade tão bela,
que aos mesmos Deuses se encobre.

Uma beleza tão fera,
que aspira, a que se equivoquem
a formosura, a beleza,
as perfeições, os rigores.

Ontem foi vista entre as gentes,
e há dúvida desde entonces,
se é Anjo em traje de fera,
se é fera em forma de bronze.

É tal Floral, não sei, se o diga,
nem se de Humana tem nome;
é Floralva, e tenho dito,
ou perdoe, ou não perdoe.

Pintar-vos quero as feições
deste mármore, deste roble,
constantes como o seu tronco,
lindas como as suas flores.

Quando humana, e quando ociosa
as negras tranças descolhe
em pélagos de azeviche,
não há alma, que não soçobre.

Nas sobrancelhas Amor
traidoras armas esconde,
os olhos as julgam arcos,
mas sente-as a alma fulgores.

Ardor, e neve seu rosto
mistura em tintas conformes,
porque é tão divina, que
faz unir, o que é discorde.

Se as pérolas de seus dentes
não foram do dia alvores,
a Aurora faltara ao dia,
eterna seria a noite.

A boca é tão incendida,
que em um cravo se recolhe,
e parece ensanguentada,
que em lugar de abrir, a rompe.

Este assombro das Deidades,
esta admiração dos orbes
por meu bem quis Deus, que a visse,
e Amor por meu mal, que a adore.

Mas sabei, que a meu afeto
tão ingrata corresponde,
que a seu natural ofendem
até seus mesmos louvores.

[267]

Com este romance mandou o Poeta por intérprete encarecedor do que nele se expressa o seguinte

Soneto

Entre, Ó Floralva, assombros repetidos
É tal a pena, com que vivo ausente,
Que palavras a vós me não consente,
E só para sentir me dá sentidos.

Nos prantos, e nos ais enternecidos
Dizer não pode o peito o mal, que sente,
Pois vai confusa a queixa na corrente,
E mal articulada nos gemidos.

Se para o meu tormento conheceres
Não basta o sutil discurso vosso,
A dor me não permite outros poderes.

Vede nos prantos, e ais o meu destroço,
E entendei o mal, como quiseres,
Que só sei explicá-lo, como posso.

135 [268]

Por ver uma obra em que o poeta exagera os donaires de Anica de Souza mulata em Pernambuco se picou de zelos Floralva, e dando-lho a entender, ele lhe responde.

Décimas

1
Dos vossos zelos presumo,
Floralva, que são mentira,
porque donde Amor não tira
flama, não levanta fumo:
anos há, que me consumo
por vós, por vossos bons feitos,
e vós por certos respeitos
desviastes-me os prefumes,
e agora nestes ciúmes
sem ver causa, vejo efeitos.

2
Se me não tendes amor,
como zelos me fingis?
não mos dais, e mos pedis,
dai ao demo tal favor:
que importa, que chame eu flor
a uma papoula silvestre,
se neste globo terrestre
o que importa, é lisonjear,
e eu nas artes de enganar
penteio barbas de mestre.

3
Vós sais verdadeira flor
no trato, e no parecer,

e eu só o sei conhecer,
porque sou taful de amor:
se jogásseis com primor,
como outras tafuis fizeram,
nunca elas vos excederam,
que a mim na tafularia
da conjugal dameria
sempre os dados me perderam.

4
E ainda que em todo o mapa
me vejais tratar com flores,
Floralva, isso são amores,
que arranco da minha capa:
só vós sais dama de chapa,
só vós sais flor às direitas,
e para deixar desfeitas
essas vossas presunções,
sabei, que isso são sezões,
que passam como maleitas.

136 [270]

Deixou-se Floralva uma vez conversar do poeta e pela ver desdenhosíssima se despede: e como ela consentiu desabrida, lhe faz este

---

Soneto

Tão depressa vos dais por despedida,
Que vista a varonil conformidade,
Me está dizendo vossa crueldade,
Que morríeis por ver-vos excluída.

Pois não seria ação mais comedida,
Demais cortês, e justa urbanidade
Fingir, que por amor, ou por piedade
Recusáveis a minha despedida?

O certo é, Floralva, que esse peito
Anda mui penetrado, e mui ferido
De outro amor, outra seta, outro sujeito.

E pois fiz tal serviço a tal Cupido,
Como não fazeis vós por tal respeito
Favores, de que nunca me despido?

[271]

Lamenta o Poeta os desvios, e rigores, que mostrou
Floralva daí por diante.

Romance

Chorai, tristes olhos meus,
que o chorar não é fraqueza,
quando Amor vos tiraniza,
os sentidos, e as potências.

Senti, pois tendes razão,
uma ausência tão violenta,
que a luz, meus olhos vos tira,
sem alma o corpo vos deixa.

Senti, coração, senti,
pois por vossa culpa mesma
emprendi um impossível
tão fácil em me dar penas.

Chorai, que chorais mui pouco,
se a causa se considera,
porque uma ausência chorais,
e heis de sentir uma quebra.

A ausência é um mal curável,
que com dois dias de pena
dá gosto ao terceiro dia,
vendo-se, o que se deseja.

A quebra é mal sem remédio,
pois se desata, e desfecha

aquela união das almas,
de que a vida se alimenta.

Eu hei de perder Floralva,
não porque ingrata me seja,
mas como vivo amanhã,
sou mofino, hei de perdê-la.

138 [273]

Pertende o Poeta introduzir-se, com a primeira, ou segunda.

Décimas

1
Dá-me amor a escolher
de duas uma demônia,
ou Inácia, ou Apolônia,
e eu me não sei resolver:
a ambas hei de querer,
porque depois de as lograr
mais fácil será acertar,
que nos riscos da eleição
o seguro é lançar mão
de tudo por não errar.

2
Assim será: mas que monta
isto que fazer pertendo,
se dirão, que estou fazendo
sem a hóspeda esta conta:
qual delas será tão tonta,
que se acomode aos desares
de partir com seus pesares
amor, assistência, e tratos,
se as Damas não são sapatos,
que se hajam de ter aos pares.

3
Mas se debaixo da Luz
não val mais esta, que estoutra

eu não deixo, uma por outra,
nem escolho outra por uma,
não há dúvida nenhuma,
que ambas são moças de porte,
e se não mo estorva a morte
ambas me hão de vir à mão,
Inácia por eleição,
e Apolônia pela sorte.

4
Isto que remédio tem,
sejam entre si tão manas,
que repartindo as semanas,
vá uma, quando outra vem;
que eu repartirei também
jimbo, carinho, e favor,
porque advirta algum Doutor,
que sendo à lógica oposto,
na aritmética do gosto
pode repartir-se o amor.

[275]

Deixaram estas damas de ir à festa da Cruz por falta de rede e o Poeta se mostra sentido de o não saber.

Romance

Quis ir à festa da Cruz
Inácia, e faltou-lhe a rede,
com que foi força ficar
Paredes sobre paredes.

Outros dizem, que uma amiga
lhe pedira o manto adrede
pela ter emparedada
todo o dia, em que lhe pese.

Não sei a verdade disto,
sei, que eu paguei a patente,
tendo um dia de trabalho,
porque de festa lho desse.

A saber, que estava em casa,
visitara-a como sempre,
e fizera, o que costumam
casados in facie eclesiae.

Fora-me pôr à janela,
porque o calor me refresque,
falara c'os Guapas sujas,
que são limpas guapamente.

Mariana se agastara,
que tudo escuta, e atende,

por isso diz o adágio
"manso, que ouvem as paredes."

Sabendo deste ciúme
foram os Guapas contentes,
que inda que mulheres feias,
são feias, porém mulheres.

Inácia se sossegava,
que é moça mansa, e alegre,
e com dous dedos se põem
sendo Inácia, uma clemente.

Da sua amiga me queixo,
que cão d'horta me parece,
pois em todo o dia não
comeu, nem deixou comer-me.

Com Inácia já não quero
lançar mais barro à parede,
que de mui seca receio,
que ali meu barro não pegue.

Uma Mãe com duas Filhas
na verdade é pouca gente,
para que eu possa cantar
preso entre quatro paredes.

Três só não fazem prisão,
porque um triângulo breve,
que um signo salmão figura,
mais enfeitiça, que prende.

Mas a parede de Inácia
com ser uma tão-somente,

como é tão forte, e tão rija,
bastou só para prender-me.

Perdi o ganho esta tarde,
e cuido, que para sempre;
quem ma pegou uma vez,
não quero, que outra me pegue.

Da Santa Cruz era a festa,
e a maldita da Paredes
com cruz, e sem cruz receio
me faça calvários sempre.

Eu perdi Moça, que agrada,
ela velho, que aconselhe,
ambos ficamos perdidos,
quem o vê o remedeie.

140 [278]
Insiste o Poeta a querer ser amado de Inácia.

Décimas

1
Inácia, vós que me vedes
em tal desesperação
remediai-o senão
dareis por essas paredes:
na malha das vossas redes
quis eu minha alma enredar
por vos servir, e adorar:
mas vós, sem que Amor me valha,
mesmo me rompeis a malha,
a fim de me não pescar.

2
Não vos rende o meu carinho,
porque em vossa estimação
sou já peixe sabichão,
e vós me quereis peixinho:
se com todo o meu alinho
vos não mereço o favor,
que importa o vosso rigor,
se se sabe, e vós o vedes,
que quero nessas Paredes
fundar um templo de Amor.

3
Quando as paredes juntemos
a vossa, que é frontal,

co'a minha de pedra e cal,
uma grande obra faremos:
a Amor a dedicaremos,
porque guarde as vossas redes,
que eu creio, e vós bem o vedes,
que tudo irá em rigor
ver as paredes de Amor,
só por amor das Paredes.

141 [280]

Como a não pôde o Poeta render entra a picá-la com louvar a Apolônia, e é de advertir, que estas tratavam com uns músicos fulanos Jardins, que moravam nas hortas.

Romance

A ser bela a formosura,
a beleza a ser formosa
mudamente as ensinava
a boquinha de Polônia.

Ensinava de cadeira
na academia, ou escola,
onde era lente de prima,
sendo a terceira das Moças.

A Açucena repreendia
com duas faces formosas,
por que unisse ao carmim,
para alento pouca boca.

E como o cravo é jurado
Príncipe em cortes de Flora,
se fez conselho de estado
sobre casar-se co'a rosa.

Respondeu ela, que sim,
e incendida de vergonha
ficou-lhe a boca mais cravo,
do que era o cravo na boca.

Assistir ao desposório
correu a nobreza toda,
com galas de várias cores,
porque de campo era a boda.

A nobreza dos Jardins,
que tem seu solar nas Hortas,
cortando galas de novo
veio com elas em folha.

Desposou-se Rosa, e Cravo,
mas eu creio, que da boda,
onde folgou toda a casa,
vi as Paredes queixosas.

142 [282]

Desconfiado o Poeta dos desprezos que lhe fazia Inácia entra a descompô-la por um arriscado parto que teve.

Décimas

1
Pariu numa madrugada
Inácia, como já vedes,
e caindo-lhe as paredes
ficou desemparedada:
temo, que não valha nada,
pois tendo o vaso partido,
qual pardieiro caído,
recolherá todo o gado,
ou das chuvas acossado,
ou das calmas retraído.

2
E vendo, que ali se apoia
o gado no pardieiro,
dirá todo o passageiro
tristemente "aqui foi Troia":
por aquela claraboia
despedaçada em caqueiros
entrar eu vi cavaleiros,
que quando Troia reinava,
apenas um a um entrava,
mas agora entram carreiros.

3
Não me espanto dos adornos
de uma Dama singular,

que em cornos venham parar,
porque ela parirá cornos:
mas que tantos caldos mornos
de estíticas qualidades
em tantas calamidades
não valham, são desenganos
da resolução dos anos,
da carreira das idades.

4
Deixai pois o artifício,
Inácia, porque bem vedes,
que ao baque de umas paredes
espirra todo o artifício:
deixai a vida do vício,
as que o seu vício eternizam,
e se a vós vos finalizam,
alerta, que as pedras falam,
que as paredes vos estalam,
que os estalos vos avisam.

143 [283]

Encontro que tiveram dous namorados.

MOTE
Pica-me, Pedro, e picar-te-ei.

Letrilha

1
Jogando Pedro, e Maria
os piques sobre a merenda,
vi pois, que sobre a contenda
Maria picar queria:
ela, que a Pedro entendia
disse então: aqui-d'El-Rei:
pica-me, Pedro, e picar-te-ei.

2
Abrasado em vivo fogo
Pedro, que o jogo sabia,
disse, eu te pico, Maria,
porque tu me piques logo:
disse ela, pois o teu fogo
é dos melhores, que achei,
pica-me, Pedro, e picar-te-ei.

3
Picou Pedro, e de feição,
que a Maria fez saltar:
quis ela também picar,
pois que assim picado a hão:
picados ambos estão:

diz Maria o jogo sei,
pica-me, Pedro, e picar-te-ei.

4
Pedro, que já se enfadava
de picar, queria erguer-se;
Maria quis mais deter-se,
porquanto picada estava:
disse ela, que então gostava
do jogo, que lhe ensinei:
pica-me, Pedro, e picar-te-ei.

144 [285]

Inácia irritada desta sátira descompôs de palavras ao Poeta e ele se despica com estas décimas.

Décimas

1
Branca em mulata retinta,
quem vos meteu no caqueiro.
que uma pinga do tinteiro
não suja a mais branca tinta!
mas se sois branca distinta,
se sois sem mistura branca,
que importa, se a porta franca
tendes a todo o pismão,
aos Brancos pelo tostão,
aos Mulatos pela tranca.

2
Vós sois mulata tão mula,
que a mais fanada mulata
é negra engastada em prata,
e vós sois mulata fula:
se quem lá vai, vos adula,
e de sangue vos melhora,
porque lho deis cada hora,
dai-lo cada vez, que vá,
que na catinga verá
que sois branca como amora.

3
As putas do toque-emboque
são putas esfarrapadas,

são paredes arruinadas
com seu branco por reboque:
eu não meto o meu estoque
em burquéis esfuracados
porque vasos tão usados
de estoques, ou membros vivos
não são vasos, são uns crivos,
de que os membros saem relados.

4
Viveis no jogo da bola,
só por teres sempre à vista
o Monge, que vos conquista,
o Frade, que vos consola;
e quando vos falta a esmola
aos soldados vos tornais,
e como ali não achais
a cura, que pertendeis,
c'os Frades vos corrompeis,
e assim nunca vos soldais.

145 [287]

Foi esta dama vista do Poeta em certa manhã à sua janela, e ele lhe dá os bons dias com este graciosíssimo

Romance

Ontem ao romper da Aurora,
começando o amanhecer,
vi desta parte do ocaso
dois sóis, a quem quero bem.

Que fazendo oposições
com brilhantes rosicler,
ao sol, que de envergonhado
se começava a esconder.

Eclipsados vi seus raios,
mas quem suas luzes vê,
nas admirações se pasma,
nas invejas perde o pé.

Que a beleza singular,
que ostentam seus olhos, sei,
que o sol não quer competi-la,
porque a saiba engrandecer.

Cegam os seus resplandores,
e de tal sorte me tem,
que não como ao sol me escondo,
porém morro por te ver.

Como cega barboleta
ao fogo da minha fé

se queima a desconfiança
de nunca te merecer.

Valha-te Deus por Betica,
não sei dizer-te, meu bem,
como vivo enamorado,
como estou, não sei dizer.

Porque entre o doce de amar-te,
e o amargo de te não ver,
hei de viver da esperança
ou da saudade morrer.

Tua rara formosura,
eu a não sei comprender,
porque um não és tens de humana,
e um quase divina és.

E já que nesta cegueira
tua beleza me tem,
ou me corresponde amante,
ou me acaba de uma vez.

Porque tão confuso vivo,
tão triste me chego a ver,
tão temeroso me atrevo,
que é um abismo cruel.

Tal abismo o peito sente:
ora permite, meu bem,
diminuir os incêndios,
acabe-se o padecer.

Toma o astuto Piloto
o sol, só para saber,

se se acha na boa altura,
mas sem carta nada fez.

E pois no mar de meus olhos
perigos receia a fé,
manda-me, por não perder-te,
uma carta desta vez.

Dá-me velas à esperança,
com elas marearei,
já que o fogo da vontade
sempre está firme a teus pés.

146 [290]

A uma dama que macheava outras mulheres.

MOTE
Namorei-me sem saber
esse vício, a que te vás,
que a homem nenhum te dás,
e tomas toda mulher.

Décimas

1
Foste tão presta em matar-me
Nise, que não sei dizer-te,
se em mim foi primeiro o ver-te,
do que em ti o contentar-me
sendo força o namorar-me
com tal pressa houve de ser,
que importando-me aprender
a querer, e namorar,
por mais me não dilatar
Namorei-me sem saber.

2
A saber como te amara,
menos mal me acontecera,
pois se mais te comprendera,
tanto menos te adorara:
a vista nunca repara,
no que dentro n'alma jaz,
e pois tão louca te traz
que só por Damas suspiras,
não te amara, que tu viras,
Este vício, a que te vás.

3
Se por Damas me aborreces
absorta em suas belezas,
a tua como a desprezas,
se é maior que as que apeteces?
se a ti mesma te quisesses,
querendo, o que a mim me praz,
seria eu contente assaz,
mas como serei contente,
se por mulheres sente,
Que a homem nenhum te dás?

4
Que rendidos homens queres,
que por amores te tomem?
se és mulher, não para homem,
e és homem para mulheres?
Qual homem, ó Nise, inferes,
que possa, senão eu, ter
valor para te querer?
se por amor nem por arte
de nenhum deixas tomar-te
E tomas toda a mulher!

147 [290]

Passou o Poeta pela porta desta dama, arribando de fora por causa da chuva, com um casacão, e uma carapuça, e ela lhe disse, que se fora Poeta, como ele, o havia de satirizar pelo descoco: ao que ele fez estas

Décimas

1
Que não vos enganais, digo,
Betica, e antes cuidai,
que uma sátira a meu Pai
farei, se bulir comigo;
fá-la-ei ao mor amigo,
quando aleivoso me toe,
e porque melhor vos soe,
se vos pus em tanta calma,
sendo meu ídolo d'alma,
a quem quereis, que perdoe?

2
E se mal vos pareceu,
que eu fosse por esse posto
tão despido, e descomposto,
sem ter respeito a esse céu,
bem sabeis vós, que choveu,
e eu vinha de me embarcar:
porém entoldou-se o ar,
e para casa arribei,
com que se desagradei,
quero-me satirizar.

3
Betica, eu sou um magano,
um patife, um mariola,
um sátiro, um salvajola,
e mais doudo que um galhano:
depois de ser vosso mano,
em tempo, que eu era honrado,
fui muito desaforado
em ir pela vossa rua
com barrete de falua,
e pá de gato pingado.

4
Sou um sujo, e um patola,
de mau ser, má propensão,
porque se gasto o tostão,
é só com negras de Angola:
um sátiro salvajola,
a quem a universidade
não melhorou qualidade,
nem juízo melhorou,
e se acaso lá estudou,
foi loucura, e asnidade.

5
Sou um tonto, e um cabaça,
pois fui qual bruto indigesto,
onde os mais compõem o gesto
por cair na vossa graça:
e se então fugi da praça,
onde estão homens de porte,
bem é, que a praça me corte,
pois atento à vossa fé
devia de entender, que
onde vós estais, é corte.

6
Se da sátira entenderes,
que pouco pesada vai,
vós, Betica, a acrescentai,
chamando-me, o que quiseres:
quantos nomes me puseres,
todos me viram frisando,
e se enfim acrescentando
não vos parecer bastante,
mudai-os de instante a instante,
pondo-me uns, e outros tirando.

148 [293]

Por um escravo mandou o Poeta a Betica um formoso cará com este

MOTE
Dize a Betica que quando
buscava, que lhe mandar,
um só cará pude achar,
que por ser cará lho mando.

Décimas

1
Bernardo, há quase dous anos,
que andais a ir, e a vir
sem podermos conseguir
de Betica, mais que enganos:
se hás de dar fim a meus danos
em vencê-la porfiando
vai trazendo, e vai levando,
e pois já chega a dizer
que hei de lograr, e vencer,
dize a Betica que quando?

2
Pede-lhe o dia, e a hora,
em que a hei de ver louçã
porque é mui longe amanhã
para uma alma, que a adora:
e porquanto essa Senhora
dá agora em desconfiar,
dos que a não sabem comprar,
dize-lhe, que isso entibia,

a quem já por cortesia
buscava, que lhe mandar.

3
Que há de ter em grande apreço
os desejos da vontade,
que valem na realidade
mais que a dita do sucesso:
e que se o dar não tem preço,
também se deve estimar,
quem tem desejos de dar,
como eu, que com tanto afinco
desejando achar um brinco,
só um cará pude achar.

4
Pois se a sorte mais não quis
conceder-me, e deparar-me,
inda assim posso gabar-me,
que lhe dei bem de raiz:
que o que pude, agora fiz,
ao depois de quando em quando
lhe irei aos poucos mandando,
sendo, que tão fora está
de ser pouco esse cará,
que por ser cará lho mando.

[296]

Vindo esta dama uma vez à casa do Poeta lhe pediu cem mil réis para um desempenho.

Romance

Betica: a bom mato vens
com teu dá cá, com teu toma,
o diabo te enganou,
não pode ser outra cousa.

Viste-me acaso com jeito,
de comissário da frota,
que faz roupa de francês
dos borcados de Lisboa?

Sou eu acaso o Mazulo,
que, do que tem de outras contas,
dá sem conta cada um ano
cem mil cruzados a Rola?

Sou Mataxim por ventura,
que vim onte ontem d'Angola,
e dos escravos alheios
faço mercancia própria?

Menina, eu bato moeda?
eu sou um pobre idiota,
que para um tostão ganhar
estudo uma noite toda.

Cem mil-réis me vens pedir?
a mim, cem mil-réis, demônia?

se eu algum dia os vi juntos,
Deus mos dê, e mos comei.

Se eu nascera Genovês,
ou fora visrei de Goa,
vinte quatro de Sevilha,
ou quarenta e oito de Roma:

Dera-te, minha Betica,
pela graça, com que tomas,
mais ouro, que vinte minas,
mais sedas, que trinta frotas.

Mas um pobre estudantão,
que vive à pura tramoia,
e sendo leigo, se finge
cleriguíssimo corona:

Que pode, Betica, dar-te,
se não qués versos, nem prosa?
eu não dou senão conselhos,
se mos paga, quem mos toma.

Se me há de custar tão caro
erguer-te uma vez as roupas,
com outra antes de barrete,
do que castigo de gorra.

Para que sendo tão rica
pedes como pobretona,
se esses teus dentes de prata
estorvem o dar-te esmolas!

Que mais cabedal desejas,
se és tão rica de parolas,

que com vários chistes pedes
todo um dia a mesma cousa?

Tu pedindo, e eu negando,
que cousa mais preciosa,
que val mais, do que desejas,
e a ti nada te consola.

Cem mil-réis de uma só vez?
pois, pobreta, à outra porta;
Deus te favoreça Irmã,
não há trocado; perdoa.

Não há real em palácio,
ando baldo, perdi a bolsa;
que são os modos, com que
se despede uma pidona.

150 [299]

Torna esta dama a investir segunda vez ao Poeta pedindo-lhe uma gala, e ele famosamente se desempulha deste modo.

Décima

Culpa fora, Brites bela,
não vos dar aquela gala,
em que o vosso amor me fala
tantas vezes com cautela:
mas que gala será? Tela?
tela não, minha menina,
porque como sois tão fina,
e tão lindo serafim,
para luzirdes assim
vossa gala é serafina.

151 [300]

Picada Betica, de que o Poeta lhe não desse a gala, lhe apareceu em certa ocasião com uma saia amarela, mas o Poeta se despica com estas

Décimas

1
Toda a noite me desvelo
por saber, com que conselho
para meter de vermelho,
vos vestistes de amarelo:
não sabe o vosso Donzelo,
qual amante, ou quais amores
vos deu a gala de flores:
porque assim como chamais
para a cama oficiais,
para a gala coadjutores.

2
Como se fora o deitá-la
render um forte iminente,
andais ajuntando gente,
para deitar uma gala:
noutra cousa se não fala,
mais que a gente, que fazeis,
porque quando os convoqueis,
e eles vos forem galando,
mil galas vos irão dando,
com que mil galas tereis.

3
De tanto amante sem conto
a gala haveis recebido,

que nos pontos do cosido,
cabe a cada amante um ponto:
não vos sinto outro desconto,
sendo a vossa obrigação
tanta quantos pontos são:
senão, que um e outro se afoite,
irem pagar-se de noite
nos pontos, que se lhes dão.

4
Não tendes, que vos queixar
destas minhas travessuras,
porque eu vos bato as costuras,
para o vestido assentar:
se todos hão de pagar
em chegando a vos dormir,
deixai também repartir
por mim esta obrigação,
que os mais de vestir vos dão,
e eu vos corto de vestir.

152 [303]

Ofendido Sebastião da Rocha Pita por causa de uns ciúmes a quis castigar: ao que acudiu a mãe, e lhe fez as descomposturas seguintes.

Décimas

1
Um Sansão de caramelo
quis a Dalila ofender,
ela pelo enfraquecer
lançou-lhe mão do cabelo:
ele vendo-se sem pelo
franqueou a retirada;
de um pulo tomou a escada,
e por ser Sansão às tortas,
em vez de levar as portas
levou muita bofetada.

2
O Filisteu, que lhas deu,
(segundo ele significa)
a Mãe era de Betica
mulher como um filisteu:
a bofetões o cozeu,
e o pôs como um sal moído;
mas ele está agradecido
sair com olhos na cara,
que ela diz, lhos não tirara,
por já lhos haver comido.

3
Posto o meu Sansão na rua,
por firmar-se na estacada

tomou de um burro a queixada,
outros dizem, que era sua:
com ela o inimigo acua,
mas não fez dano, nem mal,
porque afirma cada qual
entre alvoroço, e sussurro,
quem livrou dos pés do burro,
mal morrerá do queixal.

4
Enfim foi preso o Sansão
pelas mãos da filisteia,
não nos bofes da cadeia,
nas tripas de um torreão:
ali o cabelo lhe dão,
que perdeu na suja guerra;
jura Sansão, brama, e berra,
que se torna a ver Betica,
e as colunas se lhe aplica,
que há de lançá-la por terra.

153 [305]

Certo comissário da praia seu amásio, sabendo, que antes de ela ir à sua casa, costumava primeiro tratar c'o Manuel Ramos Parente, lhe preparou uma lavagem de pimentas, de que ficou em miserável estado.

Décimas

1
Dá-me, Betica, cuidado,
o desastre, que tivestes,
quando gulosa comestes
o paio salpimentado:
não era inda divulgado
vosso mal, vosso desmaio,
quando eu soube como um raio
de u'as agulhas ferrugentas,
que comestes as pimentas,
mas não gostastes do paio.

2
Em vinganças tão cruentas
tenho por justas sequelas,
que, a quem dais dor de canelas,
vos dê dores de pimentas:
mais vezes do que duzentas
vos mandou pôr atalaia
o vosso amigo da praia,
e vendo, que o outro malho
vos punha de vinha-d'alho
quis pôr-vos de jiquitaia.

3
Fez bem vosso barregão,
pois que via com seu olho,
que vínheis com tanto molho,
de botar-lhe o pimentão:
vós vínheis de outra ocasião
que ele viu, e coligiu,
e como tanto o sentiu
(sendo vós sua manceba)
que muito, que vos receba
com puta que te pariu.

4
Ele vos pôs justamente
Betica, em tanto perigo,
porque se tendes amigo,
não tenhais outro parente:
nem se sofre à boa mente
(inda que sejam subornos
a beleza, e os adornos)
que uma Moça de reclamos
se deite à sombra dos Ramos,
se os Ramos produzem cornos.

5
E pois vos vejo estalar
tomara agora saber,
em que vaso heis de cozer,
o que haveis de manducar?
eu não hei de lá chegar,
bem que a estrela violenta
me inclina, arrasta, e atenta,
pois tendes vaso tão mau,
que sobre ser bacalhau
tem muchíssima pimenta.

6
Mas deixada esta matéria,
a saber de vós me alhano,
que é feito daquele abano,
com que à noite da miséria
a vossa negra Quitéria
(sendo na gema do inverno)
vos abanava o interno
do vaso, que em viva chama
vos ardia mais na cama,
que o Avarento no Inferno.

154 [308]

Às diferenças que tinham seus quatro amantes, sobre quem a havia de levar.

Décimas

1
Betica: a vossa charola
levam-na quatro galantes
discretos, ricos, brilhantes
peanhas da vossa sola:
qualquer deles acrisola
o vosso trono eminente;
mas tem reparado a gente,
que é muito para sentir,
que um para o Norte quer ir,
e que outro para o Poente.

2
Um por não perder o abrigo,
vos quer levar para fora,
outro por vos ver cad'hora,
vos quer ter aqui consigo:
este diz, "há de ir comigo":
aquele: "aqui se há de estar":
e é muito para chorar,
que um andor tão buliçoso
sempre o tenham duvidoso
entre partir, e ficar.

3
A mim me tem parecido,
por fugir pesares artos,

que um algoz vos faça em quartos,
que o tendes bem merecido:
e que cada qual Cupido,
o que leva, e o que atraca,
da vossa carne velhaca
leve um quarto por partilha,
e dos quartos a quadrilha
como irmãmente da vaca.

4
Para repartir-vos bem
entre os quatro quadrilheiros,
tirem-se os quartos inteiros
soã, coxão, alcatra, acém:
e se entre eles houver quem
vos dê mais prazer, e gosto,
esse leve o entrecosto,
a alcatra, quem bem vos quer,
o acém, o que mais vos der,
e o coxão a todo o posto.

155 [310]

À mesma aparecendo no dia das Virgens vestida de luto.

Décima

Betica: que dó é esse,
de que por Virgens te vestes?
acaso é, que dó tivestes,
de que tal bem se perdesse?
compre-te, quem te conhece,
que eu vendo-te assim vestida
com dó, te vejo saída,
e creio, que já és tal,
que cores te fazem mal,
e honesto só te dá vida.

156 [311]

Uma graciosa mulata filha de outra chamada Maricota com quem o Poeta se tinha divertido, e chamava ao filho do Poeta seu marido.

Décimas

1
Por vida do meu Gonçalo,
Custódia formosa, e linda,
que eu não vi Mulata ainda,
que me desse tanto abalo:
quando vos vejo, e vos falo,
tenho um pesar grande, e vasto
do impedimento, que arrasto,
porque pelos meus gostilhos
fora eu Pai dos vossos Filhos
antes que vosso Padrasto.

2
O diabo sujo, e tosco
me tentou como idiota
a pecar com Maricota,
para não pecar convosco:
mas eu sou homem tão osco,
que a ter notícia por fama,
que lhe mamastes a mama,
e eu tinha tão linda Nora,
então minha sogra, fora,
e não fora minha Dama.

3
Estou para me enforcar,
Custódia, desesperado,

e o não tenho executado,
porque isso é morrer no ar:
quem tanto vos chega amar,
que quer por mais estranheza
obrar a maior fineza
de morrer, porque a confirme,
morra-se na terra firme,
se quer morrer com firmeza.

4
Já estou disposto d'agora
a meter-vos num batel,
e dar convosco em Argel
por casar com minha Nora:
não vos espante, Senhora,
que me vença tal furor,
que eu sei, que em todo o rigor
o mesmo será, e mais é
ir ser cativo em Salé,
que ser cativo do Amor.

 [313]
À mesma dama.

Soneto

Ai, Custódia! sonhei, não sei se o diga:
Sonhei, que entre meus braços vos gozava.
Ó se verdade fosse, o que sonhava!
Mas não permite Amor, que eu tal consiga.

O que anda no cuidado, e dá fadiga,
Entre sonhos Amor representava
No teatro da noite, que apartava
A alma dos sentidos, doce liga.

Acordei eu, e feito sentinela
De toda a cama, pus-me uma peçonha,
Vendo-me só sem vós, e em tal mazela.

E disse, porque o caso me envergonha,
Trabalho tem, quem ama, e se desvela,
E muito mais quem dorme, e em falso sonha.

[314]

À mesma Custódia mostra a diferença que há entre amar, e querer.

Redondilhas

Sabei, Custódia, que Amor
inda que tirano, é rei,
faz leis, e não guarda lei,
qual soberano Senhor.

E assim eu quando vos peço,
que talvez vos chego a olhar,
as leis não posso guardar,
que temos de parentesco:

Que vossa boca tão bela
tanto a amar-vos me provoca,
que por lembrar-me da boca,
me esqueço da parentela.

Mormente considerada
vossa consciência algum dia,
que nenhum caso faria
de ser filha, ou enteada.

Dera-vos pouco cuidado
então ser eu vosso assim,
e anda hoje para mim
vós, e o mundo concertado.

Mas eu amo sem confiança
nos prêmios do pertendente,
amo-vos tão puramente,
que nem peco na esperança.

Beleza, e graciosidade
rendem à força maior,
mas eu se vos tenho amor,
tenho amor, e não vontade.

Como nada disso ignoro,
quisera, pois vos venero,
que entendais, que vos não quero,
e saibais, que vos adoro.

Amar, e querer, Custódia;
soam quase o mesmo fim,
mas diferem quanto a mim,
e quanto à minha paródia.

O querer é desejar,
a palavra o está expressando:
quem diz quer, está mostrando
a cobiça de alcançar.

Vi, e quis, segue-se logo,
que o meu coração aspira
o lograr o bem, que vira,
dando à pena um desafogo.

Quem diz, que quer, vai mostrando,
que tem ao prêmio ambição,
e finge uma adoração
um sacrilégio ocultando.

Vil afeto, que ao intento
foge com néscia confiança,
pois guia para a esperança
os passos do rendimento.

Quão generoso parece
o contrário amor: pois quando

está o rigor suportando,
nem penas crê, que merece.

Amar o belo é ação
que toca ao conhecimento
ame-se c'o entendimento,
sem outra humana paixão.

Quem à perfeição atento
adora por perfeição
faz, que a sua inclinação
passe por entendimento.

Amor generoso tem
o amor por alvo melhor
sem cobiça, ao que é favor,
sem temor, ao que é desdém.

Amor ama, amor padece
sem prêmio algum pertender,
e anelando a merecer
não lhe lembra, o que merece.

Custódia, se eu considero,
que o querer é desejar,
e amor é perfeito amar,
eu vos amo, e não vos quero.

Porém já vou acabando,
por nada ficar de fora
digo, que quem vos adora,
vos pode estar desejando.

159 [318]

Mulata livre e travessa por cuja esperteza lhe chamavam Maribonda. Morava na rua da Poeira naquele tempo quase deserta e se achava de presente em casa de uma amiga no Campo da Palma, onde o Poeta ia divertir-se: e ali embaraçou com ela, como diz a metáfora.

Décimas

1
Fui hoje ao campo da Palma,
onde com súbito estrondo
me investiu um maribondo,
que me picou dentro n'alma:
era já passada a calma,
e eu me sentia encalmado,
sentido, e injuriado,
porque sendo obrigação
meter-lhe eu o meu ferrão,
eu fui, o que vim picado.

2
Fiz por fechá-lo na mão,
mas o Maribondo azedo
me picava em qualquer dedo,
e escapava por então:
desesperada função
foi esta, pois me foi pondo
tão abolhado em redondo
por cara, peitos, vazios,
que estou em febres, e frios
morrendo do Maribondo.

3
Dizem, que a vingança está
em lhe saber eu da casa,
porque deixando-lhe em brasa,
o fogo mitigará:
temo que não arderá
por mais que toda uma mata
lhe aplique com mão ingrata,
porque eu, o que lhe hei de pôr
há de ser fogo de amor,
que inda que abrasa não mata.

4
Nesta aflição tão penosa
donde me virá socorro?
morrerei, que o por que morro,
faz uma morte formosa:
esta dor tão temerosa
me livrará de maneira,
que ou ela queira, ou não queira,
em chegando à sua rua,
se acaso se mostrar crua,
tudo irá numa poeira.

[320]

Negou-se totalmente Antonica de medo, que a todas fazia a soltura do Poeta, e ele a pertende reduzir com esta regalada poesia.

Romance

Agora que sobre a cama
Antonica me inquieta,
muito mais estando ausente,
que se na cama estivera:

Agora que o meu cuidado
dentro d'alma me desvela,
e o verdugo da memória
em saudades me atormenta:

Agora que o brando leito,
qual duro potro me espera,
porque o cordel da lembrança
execute as leis da ausência:

Agora que a muda noite
no silêncio, que professa,
como quem soube os meus gostos,
mos representa na ideia:

Entre o passado e presente
não distingue a paciência,
se é mais ativa a fortuna,
nos logros ou se nas perdas:

Quero queixar-me, Antonica,
de vós, da vossa beleza,

rigores, desatenções,
esquivanças, e inclemências.

Quero queixar-me de mim
sobre padecer a ofensa,
pois que não soube agradar-vos
para forrar estas queixas.

Acaso vos vi uma tarde
debaixo de uma urupema
por meu mal, porque entre nuvens
o sol mais ativo queima.

Indo ao campo buscar fresco
topei, sendo pela fresca,
muito calor, que me abrasa
de raios da vossa esfera.

Vi-vos, e rendi-me logo,
e em duas ações diversas
de ver-vos, e de render-me
eu não sei, qual foi primeira.

Permitiu minha ventura
(desgraça quero eu, que seja)
que não cegasse com ver-vos,
para padecer mais penas.

Que sempre em ódio de um triste
faz mudança a natureza,
pois cheguei a ver um sol,
não tendo de águia as potências.

Movido da mão de Amor,
que as liberdades sujeita,

Fênix dei a meus cuidados
berço em amante fogueira.

Tornei outra vez a ver-vos,
e a segunda diligência,
claro está, que era nascida
dos acasos da primeira.

De novo não me rendi,
que era encontrada fineza
ter ainda, que render-vos,
quem a sua alma vos dera.

Mas por dobrar rendimentos
e igualar correspondências,
as almas multipliquei
por sentidos, e potências:

Tantas almas era justo,
que a tantas prendas rendera,
por não ficar sem triunfo
a menor das vossas prendas.

Favorecestes-me então,
e a memória o representa,
por me tirar com pesar,
o que com gosto me dera.

Logo vos arrependestes
de uma culpa tão pequena,
como é pagar com favores
amantes correspondências.

Estes são os meus pesares,
estas, digo, as minhas queixas,

que por serem de um mofino
temo que soem a ofensas.

E pois molesta por força
estar escutando queixas,
de quem finezas enfadam,
já Amor nos queixumes cessa.

De vós mesma me dai novas;
dai-mas de vossas durezas,
pois quanto mais me acrisolam,
tanto mais o amor as preza.

[324]

Tardava Antonica com a resolução, e o Poeta exorta sua neutralidade.

Romance

Mando buscar a resposta
Antonica à vossa casa,
e queira Deus não se torne
a resposta em respostada.

Com temor a solicito,
bem que a desejo com ânsia,
que uma cousa é meu amor,
e outra a minha pouca graça.

Vós sois esquiva e cruel,
tão dura e desapegada,
que tirais de ser querida
as razões de ser ingrata.

Que vos rende a ingratidão,
que assim vos tem inclinada?
acaso vos faz mais linda,
mais Senhora, ou mais bizarra?

A ingratidão é delito
tal, que se se castigara,
não se pagara co'a vida,
por isso nunca se paga.

Ser benévola que custa?
que gasto é de uma palavra?

dai-me um sim, que custa pouco,
e muitas finezas ganha.

Sede mercador de amor,
onde um favor, que se gasta,
rende quinhentos por cento
em finezas de ouro, e prata.

Fazei comigo negócio:
e se heis medo, à minha barca,
quem não se arrisca não perde
mas no risco está a ganância.

E mais vós, que sabeis, que
comigo ninguém naufraga,
porque sou nesta cidade
um dos berrantes de fama.

Quem pode matar de linda,
de esquiva para quem mata?
morra da vossa beleza,
mas não da vossa esquivância.

Deixar as armas de bela,
e usar de tirana as armas,
é suspender a beleza
o ofício, que tem na cara.

Entre o piço, e o feitiço
vai muita grande distância,
esquivo pica as vontades,
belo enfeitiça as almas.

Dai-me licença, Antonica,
para eu ir à vossa casa,
para beijar-vos as mãos,
e para: não digo nada.

162 [327]

Queixa-se de que lhe não valessem finezas para que Antonica o admitisse.

MOTE
Fui por amante ferido,
por firme fui maltratado,
por constante desprezado,
e por leal ofendido.

Décimas

1
Quando esperava gozar
favores de uma tirana,
o tempo me desengana,
para dela me queixar:
portanto não quero amar
porque já tenho entendido,
que amar é tempo perdido:
bem o tenho exprimentado,
pois em vez de ser amado,
Fui por amante ferido.

2
Mostrei-lhe minha firmeza,
de mostrá-la resultou,
que logo também mostrou
de seu amor a dureza:
se bem disto me não pesa,
nem me sinto magoado,
mas fico bem emendado,
para mostrar-lhe com fé

minha firmeza, porque
Por firme fui maltratado.

3
Além de mostrar-me amante,
em constâncias lhe mostrei,
mas bem conheço, que errei,
em mostrar-me tão constante:
não serei mais ignorante,
que o Amor me tem mostrado
os males, que me há causado:
nem constância quero ter,
para que não venha a ser
Por constante desprezado.

4
Lealdade sem respeito
nunca teve bom lugar,
porque não soube guardar
a lealdade defeito:
eu me dou por satisfeito,
e aceito por bom partido
ser por amante ferido,
por firme ser maltratado,
por amante desprezado,
E por leal ofendido.

163 [329]

Uma mulata dama universal de quem já falamos, satiriza agora o Poeta o fausto com que foi sepultada a mãe.

....

Décimas

1
Ser um vento a nossa idade
é da Igreja documento:
e por ser a vida um vento,
a morte é ventosidade:
viu-se isto na realidade
na morte de uma pobreta,
cuja casa de baeta,
reparando o Irmão da vara,
e descobrindo-lhe a cara,
viu, que a defunta era preta.

2
Uma Negra desta terra
em uma casa enlutada,
no hábito amortalhada
do santo, que tudo enterra:
quem cuidáreis, que era a perra
tão grave, e tão reverenda?
era uma sogra estupenda
de todo o mundo em geral,
Mãe em pecado mortal
de Dona Brásia Caquenda.

3
A Negra com seu cordão
no hábito franciscano

era retratada em pano
Santa Clara de alcatrão:
tiveram grande questão
os Irmãos da caridade,
se era maior piedade
lançá-la no mar salgado,
se enterrá-la no sagrado
ofendendo a imunidade.

4
Acudiu o Tesoureiro,
que era genro da Cachorra,
dizendo, esta Negra é forra,
e eu tenho muito dinheiro:
houve dúvida primeiro,
mas vieram-na a levar,
e começando a cantar
os Padres o sub venite,
tomaram por seu desquite
em vez de cantar chorar.

5
Dos genros a melhor parte,
e os homens de melhor sorte
choravam a negra morte
da negra sorte, que parte:
a essa fizeram de arte
tão regenda, e tão real,
que não foi piramidal,
para que cresse o distrito,
que era Cigana do Egito,
quem fora negra boçal.

6
Ficou a gente pasmada
de ver uma Negra bruta,

sendo na vida tão puta,
pela morte tão honrada:
quem é tão aparentada,
sempre na honra se estriba,
e assim a gente cativa
ficou pasmada, e absorta,
de ver com honras em morta,
quem nunca teve honra em vida.

7
Ficou a casa enlutada
então até o outro dia,
e todo o ano estaria,
a não ter uma encontrada:
foi, que a baeta pregada
era de quatro estudantes
quatro capas roçagantes:
e bem que as deram, contudo
para irem ao estudo
foi força mandar-lhas antes.

8
Os amantes se pintaram
como amantes tão fiéis,
um largou oito mil-réis,
outro em dez o condenaram:
ao Tesoureiro ordenaram,
mandasse a cera comprada;
ele a deu tão esmerada,
e tanta, que se murmura,
que o fez, porque à sepultura
fosse a perra bem pingada.

[333]

Era desta mulata bastantemente desaforado e o Poeta, que a não podia sofrer lhe canta a moliana.

Décimas

1
Caquenda, o vosso Jacó
me deu com risa não pouca
notícias da vossa boca,
e tão bem do vosso có:
pobre, podre, e lazarento:
porque quando o barlavento
navegava o vosso charco,
sempre enjoou nesse barco
por ser muito fedorento.

2
Afirma, que a vossa quilha
em chegando a dar a bomba,
se muito vos fede a tromba,
muito vos fede a cavilha:
a mim não me maravilha,
que exaleis esses vapores,
porque se os cheiros melhores
caçoula formam conjuntos,
de muitos fedores juntos
nasce o fedor dos fedores.

3
Triste da boca enganada,
que sendo vossa cativa,
quando convosco mais priva

então beija uma privada:
vós não sois não desdentada,
com que o fedor vos não toca:
porém isso me provoca
a ver, se o fedor acaso
vai da boca para o vaso,
se do vaso para a boca.

4
Isto suporto, é o caso,
a querer, e namorar,
que a natureza vos troca
o bacalhau para a boca
o mau bafo para o vaso:
eu me consumo, e me abraso,
por saber, minha Brasica,
como isto se comunica,
ou como vos não faz míngua
fornicar-vos pela língua
e beijar-vos pela crica.

5
Fedendo em baixo, e em cima,
que sois má casa, receio,
e quem viver nesse meio,
inda assim cresce em mau clima:
de cima o fedor lastima,
de baixo sobem maus fumos,
e entre tão ruins perfumos
dirá o triste gazul,
pois fedeis de Norte a Sul,
que fedeis de ambos os rumos.

6
Como o sêmen, que entornais,
dá fedores tão ruins,

é de crer, que lá nos rins
algum bacio guardais:
quando remolhando as botas
as dais ao som das cachotas,
tenho por remédio são,
que tomeis, as que vos dão,
mas vós a ninguém deis gotas.

7
Se a boca vos fede a caca,
e tanto, puta, fedeis,
eu creio, que descendeis
de alguma Jaratacaca:
sobre seres tão velhaca,
que não há pobre despido,
que vos não tenha dormido,
Jaratacaca bufais,
e quando vós fornicais,
deixais o membro aturdido.

8
Fedeis mais que um bacalhau,
e prezai-vos de atrevida,
como que se a vossa vida
não fora sujeita a um pau:
olhai, não vos dê o quinau
um Mina de cachaporra,
que um cão morde uma cachorra,
e se em ser puta vos fiais,
sois puta, que tresandais,
e enfastiais toda a porra.

165 [337]

Sentiu-se Brásia gravemente desta sátira, e o Poeta agora cavilosamente a satisfaz com estas

---

Décimas

1
Brásia: aqui para entre nós
muitos vossos males sinto,
porque me dizem, que minto,
no que falei contra vós:
se a informação foi atroz,
os versos como seriam?
mas os que vos conheciam,
não me desmentiram não,
senão os da informação,
que esses são, os que mentiam.

2
Estou mui arrependido,
e muito desenganado,
de que este povo é malvado,
falso, fito, e fementido:
vós sois como o sol luzido,
que inda que eclipses padece,
como em um instante tece
mais gala a seu luzimento,
vencido o assombramento,
muito mais claro aparece.

3
Assim vós sombras vencendo
de inveja, e de detrações

ides com mais perfeições
a verdade amanhecendo:
eu a vossas luzes rendo
minha dor e contrição
de haver-vos dado ocasião
a tão sentidos pesares,
e pois o sol busca os mares,
não fujais meu pranto não.

4
Estou mui desenganado,
que os mesmos murmuradores
vão ao campo a buscar flores,
que não vëm no povoado:
por isso no ameno prado,
onde tendes as raízes,
há quatro flores de Lises
Escolástica, Apolônia,
a flor de Brásia, e Antônia
tão belas, como felizes.

5
Vivei por entre os verdores
de anos poucos, que contais,
com que cada qual sejais
a Matusalém das flores:
vivei tanto, que os amores
ao mesmo Amor ensineis,
e porque temo, falteis
de flores à condição,
na beleza, e duração
flores perpétuas sereis.

6
Tanto quero, que vivais,
que essoutras papoulas pardas

vendo flores tão galhardas
creiam, que as aventejais:
tanto assim permaneçais
tão mestra da formosura,
que té a flor mais futura,
que está ainda por nascer,
nasça só para aprender
beleza, e mais compostura.

7
E pois minha contrição
de todo me tem trocado,
eu me dou por perdoado,
sem ter conta de perdão:
mas faço conta, que não
hei de tornar a ofender-vos,
e se basta a merecer-vos,
meu sentimento, e meu pranto,
perdoai-me, Brásia, enquanto
busco algum modo de ver-vos.

166 [341]

Outra mulata, de quem o Poeta fala entre as borrachas do juizado de Nossa Senhora do Amparo também se ressentiu da afronta, e ele a satisfaz agora na mesma forma.

Décimas

1
Marta: mandai-me um perdão
em qualquer continha benta
tocada na vossa venta
passada por vossa mão:
porque ainda que a contrição
que tenho, de que entre nós
haja ofensa tão atroz,
é obra, que tanto monta,
que me hei de tocar a conta,
ou me hei de ir tocar em vós.

2
Quero, que me perdoeis,
e para me perdoar,
sendo ara do meu altar,
nela é força, me toqueis:
assim me indulgenciareis
por esta obra meritória,
que ofreço à vossa memória,
pela qual no foro externo
podeis livrar-me do inferno,
e levar-me à vossa glória.

3
Maldita seja a caraça,
que me meteu na cabeça;

que éreis vós, Marta, má peça,
para ir perder vossa graça:
e agora que a vista embaça
em tão alta galhardia,
praguejarei noite, e dia
a patifa, que me ordena,
que pegando então na pena
vos metesse na folia.

4
Vós sois a gala das Pardas,
e como sol das Mulatas
sombra fazeis às Sapatas,
que presumem de galhardas:
formosuras são bastardas
todas as mais formosuras,
mas eu tomara às escuras
topar vosso fraldelim,
porque novo para mim
assentara-lhe as costuras.

167 [343]

Uma formosa mulata, a quem um sargento seu amásio arrojou aos valados de uma horta.

Décimas

1
Que cantarei eu agora,
Senhora Dona Talia,
com que todo o mundo ria,
do pouco que Jelu chora:
inspira-me tu, Senhora,
aquele tiro violento,
que à Jelu fez o Sargento;
mas que culpa o homem teve?
não fora ela puta leve,
para ser pela do vento.

2
Dizem, que ele pegou dela,
e que gafando-a no ar,
querendo a chaça ganhar
a jogou como uma pela:
fez chaça a branca Donzela
lá na horta da cachaça,
que mais de mil peças passa,
e tal jogo o homem fez,
que eu lhe seguro esta vez,
que ninguém lhe ganha a chaça.

3
Triste Jelu sem ventura
ali ficou enterrada,

mas foi bem afortunada
de ir morrer à sepultura:
poupou a esmola do Cura,
as cruzes, e as confrarias,
pobres, e velas bugias,
e como era lazarenta,
depois de mui fedorenta
ressuscitou aos três dias.

4
Dizem, que depois de erguida
da morte se não lembrou,
que como ressuscitou,
se tornou à sua vida:
eu creio, que vai perdida,
e me diz o pensamento,
que há de ter um fim violento,
como se lhe tem fadado,
ou nas solas de um soldado,
ou nas viras de um sargento.

[345]

Ressentida também como as outras o Poeta lhe dá esta satisfação por estilo proporcionado ao seu gênio.

Soneto

Jelu, vós sois rainha das Mulatas,
E sobretudo sois Deusa das putas,
Tendes o mando sobre as dissolutas,
Que moram na quitanda dessas Gatas.

Tendes muito distantes as Sapatas,
Por poupar de razões, e de disputas,
Porque são umas putas absolutas,
Presumidas, faceiras, pataratas.

Mas sendo vós Mulata tão airosa
Tão linda, tão galharda, e folgazona,
Tendes um mal, que sois mui cagarrosa.

Pois perante a mais ínclita persona
Desenrolando a tripa revoltosa,
O que branca ganhais, perdeis cagona.

169 [346]

A uma mulata dentuça, que também vivia escandalizada, vindo um dia da festa de São Gonçalo, onde com outras dançou a Mangalaça, à garupa de seu amásio passando pelo poeta lhe pediu uns versos.

Décimas

1
Por estar na vossa graça
mando os versos, que quereis:
mas vós que me pedireis,
Úrsula, que vos não faça?
Veio aqui a Mangalaça
uma com outra mixela
fazer uma refestela,
e entre tanta pecadora
nunca Mangalaça fora,
se não viésseis vós nela.

2
Estava eu vendo passar
as Pardas tão mal fardadas,
que cri, que vinham roubadas,
e elas vinham nos roubar:
não tive então, que lhes dar,
que em mim o dar se acabou;
mas como sempre ficou
a vanglória de agradar-lhes
se até agora dei em dar-lhes
já agora em não dar-lhes dou.

3
Enquanto ao sorvo, e ao trago
não houve falta, antes sobre,
que ainda que a Juíza é pobre,
ganha às vezes, que é um lago:
houve mais vinho que bago,
e mais caldo que pimentas,
e estando todas sedentas
bebendo uma e outra vez
o relógio dava as três,
e o frasco dava as trezentas.

4
Só vós, Úrsula bizarra,
entre uma e outra borracha
cantáveis como gavacha
sustenidos de guitarra:
deu-vos o sumo da parra
numa fábrica estrangeira,
pois num palafrém lazeira
formastes, com dar um zurro,
para vosso amigo um burro,
para vós uma liteira.

5
Fostes nas ancas chantada,
e haveis de vos agastar,
se Sodoma vos chamar,
indo de ancas cavalgada:
eu já vos não digo nada,
porque hei medo a vossos dentes:
só digo, que andam as gentes
dizendo, que o vosso amigo
se expôs a tanto perigo,
porque ia co'as costas quentes.

6
As mais sobre o seu palmilho
como iam com tanto ardil,
cuidei, que eram de Madril,
onde há festa do trapilho:
eu nunca me maravilho
de ver, que Moças honradas
vão a pé grandes jornadas:
porém, maravilha encerra,
que as Mulatas desta terra
andam sempre cavalgadas.

7
Bem fez o vosso Mandu
dar-vos lugar consoante,
pois levando as mais diante,
vos pôs atrás do seu cu:
da Bahia até o Cairu
não vi justiça fazer
tão razoada a meu ver,
e portanto creio eu,
que quem hoje o cu vos deu,
vos mande amanhã beber,

8
Vós me destes grande abalo,
quando nas ancas vos vi,
porque cegamente cri,
que éreis rabo do cavalo:
olhei com mais intervalo,
e com vista menos presta:
então pus a mão na testa,
vendo, que se pelo cabo
não éreis da besta o rabo,
íeis por rabo da besta,

9
Deixai esse amigo imundo,
porque vi grandes apostas,
que quem assim vos deu costas,
tem dado as costas ao mundo:
tomai um rapaz jucundo,
mundano, e não abestruz,
que receio, que os Mundus,
que são, os com quem falais,
hão de dizer, que lhe andais
atrás sempre dos seus cus.

10
Deixai essas galhofinhas,
e retirai-vos de ambófias,
que isto de andar em bazófias
é mui próprio de putinhas:
cosei em casa as bainhas,
fazei costuras, e rendas,
que mulheres de altas prendas
tratam só do seu remendo:
isto só vos encomendo,
senão: minhas encomendas.

170 [351]

A Margarida, mulata pernambucana que chorava as esquivanças de seu amante com pretexto de lhe haver furtado uns corais.

Décimas

1
Carira: por que chorais?
que é perdição não vereis,
as pérolas, que perdeis
pela perda dos corais?
pérolas não valem mais
dos vossos olhos chorados,
que de coral mil ramadas?
pois como os olhos sentidos
vertem por corais perdidos
pérolas desperdiçadas?

2
Basta já, mais não choreis,
que os corais, todos sabemos,
que não tinham os extremos,
que vós por eles fazeis:
que os quereis cobrar, dizeis:
mas como em cobrança tal
meteis tanto cabedal?
como empregais nesta empresa
o aljôfar, que val, e pesa
muito mais do que coral?

3
Vós sois fraca mercadora,
pois em câmbio de uns corais

tais pérolas derramais,
quais as não derrama Aurora:
sempre o negócio melhora
as Damas do vosso trato,
mas sem risco, e mais barato:
e em vós é fácil de crer,
que os corais heis de perder,
sobre quebrar no contrato.

4
Se vos adita o sentido,
que o mar cria coral tanto,
e no mar do vosso pranto
se achará o coral perdido:
levais o rumo torcido,
e ides, Carira, enganada,
porque a água destilada,
que té os beiços vos corria,
muito coral vos daria
de cria, mas não de achada.

5
Se tratais ao camarada
de ladrão, de ladronaço,
porque vos tirou do braço
coral, que val pouco, ou nada:
é, que estais apaixonada,
bem que com pouca razão:
mas ponde-lo de ladrão,
quando os corais bota fora,
e não os pondes na hora,
que vos rouba o coração.

171 [354]

A uma dama que mandando-se coçar em um braço pelo seu moleque, e sentindo, que daquele contato se lhe entesava o membro, o castigou.

Décimas

1
Corre por aqui uma voz,
e vem a ser o motivo,
Sílvia, que o vosso cativo
se levantou para vós:
o caso é torpe, e atroz,
e quis, que a fama corresse
só para que se estendesse
pelo vosso braço, e mão,
que junto ao fogo o carvão
era força, se acendesse.

2
Vós mandastes, que o moleque
vos fosse o braço coçar,
e ele quis vos esfregar
mais que o braço, o sarambeque:
procedeu bem o alfaqueque,
se bem nisso se repara,
e eu o mesmo intentara,
se me vira nesses passos,
que isto de chegar a braços,
bem sabeis vós, no que para.

3
Vós estendestes a mão,
e chegando-lha a barguilha

entre virilha, e virilha
topastes um camarão:
ia entrando no tesão
o coitado do negrete,
e porque vós em falsete
tal grito lhe levantastes,
como o fogo lhe afastastes,
apagou-se-lhe o pivete.

4
Se outra vez vos der a tosse
de coçar a comichão,
não chameis o negro não,
coçar-vos, com que vos coce:
e se estais já sobre posse,
ou vos não podeis mexer,
deixai a sarna a comer,
pois bem sabeis, que há de andar
atrás do comer coçar,
e atrás do coçar foder.

172 [356]

A uma mulher que se borrou, estando na igreja em quinta-feira de Endoenças.

Décimas

1
Diz, que a mulher da buzeira
na Cachoeira nasceu,
e assim quando a dor lhe deu,
vazou como cachoeira:
mas a gente, a quem mal cheira
a cebolinha cecém,
disse, que era de Siquém,
e outra ali se confrangia
ou judia ou não judia
não me cheira a mulher bem.

2
Como havia de cheirar
a fêmea em pressa tão alta,
se a cachoeira lhe falta,
para haver de se lavar;
mas logo mandou levar
por uma negra Xarifa
a alcatifa tão patifa,
que eu ouvi pelos carrilhos,
que a mulher cagou cadilhos,
que lá iam na alcatifa.

3
Estavam ao redor dela
umas Mocinhas garridas

de nós todos conhecidas
por vista, e por parentela:
deram-lhe tão grande trela
à pobrete da coitada,
que disse uma camarada,
era bem mais evidente
ser limpa, e viver doente,
que suja, e ficar purgada.

4
Ergueu-se a triste Senhora,
e outra amiga lhe gritou,
inda agora se purgou,
já sai pela porta fora?
sim Senhora: morra embora,
e seja do vento grimpa
u'a mulher, que se alimpa,
e entre gente tão honrada
não lhe basta estar purgada,
para se crer, que está limpa.

5
Que fora, se hoje jantara!
ontem ceei parcamente;
não vi coisa mais corrente,
que feijões da Pericoara:
se meu amigo cheirara
este desar da buzeira,
corre risco, não me queira,
como é todo um arminho,
há de fazer-me focinho,
como à coisa, que mal cheira.

6
Pô diabo, há de dizer,
sem ser diabo, nem pó:

bebi o caldinho só,
e o feijão não quis comer:
que lhe havia eu de fazer,
se o caldo era solutivo,
e no corpo semivivo
sem ter puxo, nem repuxo,
antes de eu tomar o puxo,
se saiu de seu motivo.

7
Eu nunca o caldo sentira
sair-me pelo franjido,
a não ter outro sentido
no nariz, que mo advertira:
então vi, que se saíra,
e temendo outra jornada
(semelhante cavalgada
não houve daqui ao Cairu)
não pude enfrear o cu,
e a fralda ficou selada.

8
Algum meu apaixonado
a gritos de aqui-d'El-Rei
afirma que eu não caguei,
e cuida, que o tem provado:
meu amigo está empenhado
em fazer esta pesquisa,
e como é coisa precisa
por sua honra defendê-lo,
porá na matéria o selo,
e eu lhe darei na camisa.

9
A ocasião foi temerária,
e na Igreja, onde assistia,

não faria valentia,
mas fiz coisa necessária:
a dor foi extraordinária,
é, que neste desconcerto,
é, que neste desacerto,
e em tão grande desalinho
um humor tão delgadinho
me pusesse em tal aperto.

10
Era água simples de cubos
a caca dos meus calções,
com que entendam, que os feijões
não tinham dez réis de adubos:
não fedem pubas, nem pubos,
o que fedia o meu rabo:
foi caçoula do diabo,
quanto me cheirava a caca,
depois fui Jaratacaca,
tresandava pelo rabo.

11
Fui-me logo para o mangue
co'a fralda disciplinante
molhada atrás, e adiante,
muita caca, e pouco sangue:
com medo, que se remangue
meu amigo contra mim,
borrada fiquei assim,
porque quando ele se segue,
e algum bofetão me pregue,
eu lhe apregue o fraldelim.

12
Se do dia de Endoenças
a própria Etimologia

são andanças do tal dia,
para mim foram correnças:
por evitar desavenças
não irei mais aos sermões,
onde há tantos empuxões,
onde me agoniam Evas,
onde os Frades dão as trevas,
e me fazem dar trovões.

173 [362]

Duas mulatas que indo à festa de São Caetano se lhe quebraram as cordas da rede com público desaire.

Décimas

1
Foi com fausto soberano
Macotinha, e a Pelica
assistir à festa rica
dia de São Caetano:
o povo bárbaro, e insano
vendo aqueles dous putões,
calçado de admirações
disse, que o caso era adrede,
pois nunca em malhas de rede
vira tomar dous cações.

2
Um cação duro, e grosseiro,
má pele, e péssimo dente
ou à força de um tridente
se toma, ou de um bicheiro:
este é o dia primeiro,
que em rede os vimos tomar;
as redes a caminhar,
e a murmurar os meus Chitas,
palavras não eram ditas,
quando as cordas vi quebrar.

3
Caiu Pelica no entanto,
e fincando o cu no cisco

buscou logo o basalisco,
que lhe dera o tal quebranto:
pareceu-lhe, que era encanto
quebrar-se-lhe o barbicacho,
e assim disse em tono baixo:
o basalisco anda em cima,
mas eu tenho noutro clima
um basalisco por baixo.

4
De um e outro basalisco
veremos, qual obra mais,
vós as cordas me cortais,
e eu os ossos vos confisco:
eu sempre vos ponho em risco,
se me tomais, eu vos tomo,
pois vos tomo, e vos corcomo;
e do basalisco a ingrata
vista não come, só mata,
mas eu vos mato, e vos como.

5
A rede se consertou,
e ela metendo-se dentro,
como se viu no seu centro,
como peixe n'água andou:
dizem, que as cordas pagou,
com que a rede se lhe atara,
e bom fora, que pagara
em vez de cordas então
de um dos negros o bordão,
se nas costas lho quebrara.

6
A gente ficou mui leda
vendo a Pelica no chão,

e dizia o Povo então
quem mais sobe, dá mor queda:
porém ela não se arreda
de andar sem rede, porque
quer antes, como se vê,
haver da rede caído
para ter um pé torcido,
que ser sã, e andar a pé.

174 [371]

A Luiza Sapata querendo, que o amigo lhe desse quatro investidas duas de dia, e duas de noite.

Décimas

1
Uma com outra são duas
pela minha tabuada,
e vós, Mulata esfaimada,
quereis duas vezes duas:
se isso vos dera por luas,
e o quiséreis cada mês,
dera-vos três vezes três;
mas quatro entre dia, e noite,
dar-vos-ei eu tanto açoite,
que farão dez vezes dez.

2
Pois, Puta, essa vossa crica
tão gulosa é de rescaldos,
que cuidais que os nossos caldos
os compramos na botica?
o caldo não multiplica,
quando entre quatro virilhas
se liquida em escumilhas,
e vós a lavadas mãos
quereis um caldo de grãos,
por um caldo de lentilhas?

3
É o caldo uma quinta-essência,
e tal, que uma gota fria

produz uma Senhoria,
e talvez uma Excelência:
se tendes dele carência,
e por fartar a vontade
o quereis em quantidade,
não trateis não de esgotar
os culhões de um secular,
ide à barguilha de um Frade.

4
Puta, se a vossa Ração
hão de ser quatro à porfia,
dormi com quatro em um dia,
e quatro se vos darão:
mas tirá-las de um Cristão,
que apenas janta, e não ceia,
e não dará foda, e meia,
isso é mais que crueldade,
e mais tendo vós um Frade,
que é gato que nunca mea.

5
Mudai pois os pensamentos,
e se não heis de quietar
com uma do secular,
ide servir aos conventos:
que os leigos já macilentos,
esvaídos, e esgotados
com um mês de amancebados
cobram tão grande fastio,
que já pagam de vazio
dois mil vasos alugados.

6
No Filho do Caldeireiro
tendes emprego adequado,

pois aos malhos ensinado
fode como um malhadeiro:
se no vale, ou se no oiteiro
lhe dais a mama, e o peito,
e achais, que é moço de jeito,
na parte do olhinho morto
tendes razão, pois é torto,
mas tem o membro direito.

175 [374]

A umas damas de la vida airada, que indo e vindo ao divertimento de uma roça zombavam da honestidade de uma irmã casada.

....

Romance

Vamos cada dia à roça,
se é, que vai o camarada,
que ri, e folga à francesa,
e pinta à italiana.

Vamos, e fiquemos lá
um dia, ou uma semana,
que enquanto as gaitas se tocam,
sabe a roça, como gaitas.

Vamos à roça, inda que
nos fique em cada jornada
cada meia sem palmilha,
e sem sola cada alparca.

Vá Mané, e vá Marcela,
vá toda a nossa prosápia,
exceto a que por casada
não põe pé fora de casa.

Case, e tão casada fique,
que nem para fazer caca
jamais o marido a deixe,
nem se lhe tire da ilharga.

Case, e depois de casar
tanto gema, e tanto paira,

que caia em meio das dores
na razão das minhas pragas.

Case, e tanto se arrependa,
como faz toda, a que casa,
que nem para descasar-se
a via da Igreja saiba.

E nós vamos para a roça
com nosso feixe de gaitas
até ver-me descasada
para me rir, de quem casa.

176 [376]

A uma moça que perdeu dous casamentos ajustados, o primeiro com um flamengo, que se desculpou ao depois que tinha feito voto de castidade, e o segundo com um soldado, que se embebedava, e fugiu depois de a roubar.

Décimas

1
Senhora Donzela: à míngua
de um casamento jucundo
cousas sucedem no mundo,
que me puxam pela língua:
o que se conta, vos míngua
na fortuna do himeneu,
pois a sorte vos perdeu
dous, que o céu vos deparou,
um, que inda nada provou,
e outro que tudo bebeu.

2
O vosso Noivo Flamengo
não sintais vê-lo fugir,
que não é para sentir
a fugida de um podengo:
eu com riso me derrengo,
vendo, que de mui previsto,
vos dissesse um Anticristo,
que castidade jurou,
quando eu sei, que não votou,
salvo foi um "voto a Cristo".

3
O que ele prometeria,
não seria castidade,
mas não falar-vos verdade,
e usar de velhacaria:
grande peça, vos faria,
se vos tivera a mão dado,
que um homem mal encarado,
e de pouco cabedal
mentir-vos antes mais val,
do que depois de casado.

4
Dai vós ao demo o brichote,
que com coração traidor,
qual boticário de amor
vo-la pregou com serrote:
e vamos ao matalote
do segundo matrimônio,
a quem o mesmo demônio
tão destro vo-lo mandou,
que o matrimônio deixou,
e levou o patrimônio.

5
Levou com destreza, e manha
de calçar, e de vestir,
porque nisto do mentir
ninguém descalço o apanha:
ser ladrão já não se estranha
nesta idade um soldadinho;
mas vós tendes este gostinho,
(quando a paixão vos corcoma)
e é, que ele o vestido toma,
mas a ele o toma o vinho.

6
Se por bêbado livrou,
valha-lhe o mesmo direito,
porque ao mais atroz efeito
todo o bêbado escapou:
o Céu vos apadrinhou
em vos livrar de um pirata
e se conforme a vulgata,
porque o inimigo se vá,
ponte de prata se dá,
vós destes ponta de prata.

[379]

A Damásia que dava pressa a uma saia que estava fazendo, para botar numa festa, dizendo ser sua, sendo ela de sua senhora.

Romance

Muito mentes, Mulatinha:
valha-te deus por Damásia!
não sei, quem sendo tu escura,
te ensina a mentir às claras.

Tal vestido, com tal pressa?
não vi mais ligeira saia;
mas como a seda é ligeira,
foi a mentira apressada.

Tal vestido não é teu,
nem tu tens, Damásia, cara,
para ganhar um vestido,
que custa tantas patacas.

Tu ganhas dous, três tostões
por duas ou três topadas;
não chegam as galaduras
para deitar uma gala.

Nem para os feitios chegam
os troquinhos, que tu ganhas,
pois não vale o teu feitio
mais que até meia-pataca.

De Soldado até Sargento,
ou até Cabo de esquadra

não passa o teu roçagante,
nem te chega a triste alçada.

Estes, que te podem dar,
mais que uma vara de caça,
uma cinta de baeta
e saia de persiana.

Colete de chamalote,
e de vara e meia a fralda,
que fazem oito mil-réis,
que é valor da pobre farda.

Todos sabem, que o vestido,
que em verdes campos se esmalta,
é verdura de algum besta,
que em tua Senhora pasta.

Mas o que é dela, teu é,
que é outra que tal jangada,
e talvez por to emprestar,
que ficaria ela em fraldas.

Apostemos, que não vestes
outra vez a verde saia,
e nem de a vestires mais,
te ficam as esperanças?

Ora toma o meu conselho,
e vive desenganada,
que enquanto fores faceira,
não hás de ganhar pataca.

178 [382]

A Bitancor, que na primeira vez que com ela conversou o Poeta, logo foi admitido sem a mínima repugnância.

Décimas

1
Querendo obrigar-me Amor
depois de tanta afeição
me pôs na palma da mão
a discreta Bitancor:
agradeci-lhe o favor,
e querendo-o pôr nas palmas,
agonizando entre calmas
de amor minhas altivezes,
lhe rendi a alma mil vezes
porque não tive mil almas.

2
Multipliquei de artifício
o rendimento, e amor,
porque uma alma a seu candor
era curto sacrifício:
e ela destra no exercício
de amor, e seu rendimento,
com gosto, e contentamento
me agradeceu por então
medir eu minha afeição
pelo seu merecimento.

3
Que lhe caísse eu em graça,
seus olhos o não desdizem,

porque sempre os olhos dizem,
o que dentro n'alma passa:
graças a Amor, que a desgraça
não veio empecer-me aqui,
porque muitas vezes vi,
que enamorado, e rendido
por perder o merecido
até o perder-me perdi.

4
Ela me dá por perdido,
e está disposta a querer-me,
c'um que não perco o perder-me,
pois já a tenho merecido:
um amor tão bem sortido
por mãos de uma divindade:
este amor em realidade,
que não trazer-me um ninguém
da fortuna no vaivém
do tempo na eternidade.

179 [384]

A uma dama, a quem solicitando-a o Poeta, lhe pediu dinheiro, de que ele se desempulha.

Décimas

1
Senhora, é o vosso pedir
um impedir as vontades,
que pertendem humildades,
de quem deseja servir:
faz-me vontade de rir
um pedir tão despedido,
que dele tenho entendido,
que o pedir despedir é:
bem podeis viver na fé,
que esse pedir é perdido.

2
Peça amores, e finezas,
peça beijos, peça abraços,
pois que os abraços são laços,
que prendem grandes firmezas:
não há maiores despesas
que um requebro, e um carinho,
pois no tomar de um beijinho
fica a riqueza ganhada,
e tudo o mais não val nada:
não peças mais, meu Anjinho.

3
Se vos vira, minha Mana,
recolhida, e não faceira

dissera, que como Freira
pedíeis à franciscana:
porém vós sois muito ufana,
e logo pedis a panca:
eu de vós direi, arranca,
que o vosso pedir cruel
pica mais do que um burel,
e dói mais que uma tranca.

180 [386]

A uma dama chamada Josefa, que em noite de São João lhe rebentou um foguete buscapé entre as pernas, de que ficou bem maltratada.

Décimas

1
Só vós, Josefa, só vós
sabeis em todo o senão
festejar o São João,
na noite de catrapós:
os vossos foguetes sós
de fio, taboca, e pez
são foguetes, pois num mês
tivestes por vosso abono
um foguete busca-cono,
em lugar de busca-pés.

2
Quem tal foguete botou,
que em boa realidade
vos fodeu contra a vontade
e a foda vos não pagou?
conforme ele se embocou
vinha bem industriado;
mas não foi grande o pecado,
em que o foguete há caído
deixar-vos o cono ardido,
se antes andava arreitado.

3
O foguete por tramoia
vos queima, e deixa arrasada,

e os que passam pela estrada,
vão dizendo "aqui foi Troia":
vaso, que sendo uma joia
não pôde ao menor resquício,
reparar em o artifício,
digam-lhe em forma de pedra
escollo armado de Yedra
yo te conocí Edificio.

4
Deixou-vos vosso parceiro,
vendo, que entre tantas falhas,
o que eram altas muralhas,
hoje é triste pardieiro:
que faria o pegureiro
vendo, no que vaso foi
lo que va de ayer a hoy
e lhe dizíeis ali,
que ayer maravilla fui
y hoy sombra mía aún no soy.

5
Deixou-vos tão de carreira
com medo deste fracasso,
pois viu, que o que era vaso,
já agora estava caveira:
como quereis, que vos queira,
nem que torne ao vosso horto,
se de pasmado, e absorto
lhe pareceu, que seria
pecado de Sodomia
fornicar um vaso morto.

6
Daquela campanha chã
tão rasa, e tão abrasada

fugiu, porque era estampada
a pedra da Itapoã:
e como cada manhã
a pedra furada atroa,
e o homem era pessoa
tão amigo de um bom trato,
vos disse "fora Lobato,
que esse vaso mal me soa".

7
Mas como vós sois cachorra;
e sobre isto ardida estais,
de uma em outra porta andais
pedindo esmolas de porra:
não achais, quem vos socorra,
nem quem para vós se emangue,
com que a cada pé de mangue
chorais, que em tão triste caso
ninguém vos aceita o vaso,
temendo lhe queime o sangue.

8
Josefa, o que está melhor
ao vosso cono caveira,
é dá-lo uma sexta-feira
de Quaresma a um Pregador:
porque ele com seu fervor,
e co'a caveira na mão
fará tão grande sermão,
que os homens por seu abono
ouvindo o memento cono
todos se arrependerão.

181 [392]

A outra dama que gostava de o ver mijar.

Soneto

Inda que de eu mijar tanto gosteis,
que vos mijeis com riso, e alegria,
haveis de ver de siso inda algum dia,
porque de puro gosto vos mijeis.

Então destes dois gostos sabereis,
qual é melhor, e qual de mais valia:
se mijares-vos vós na pedra fria,
se mijando eu tapar, que não mijeis.

À fé, que aí fiqueis desenganada,
e então conhecereis de entre ambos nós,
qual é melhor, mijar, ou ser mijada.

Pois se nós nos mijamos sós por sós,
haveis de festejar uma mijada,
porque eu a mijar entro dentro em vós.

182 [393]

A quatro negras que foram bailar graciosamente à casa do Poeta morando junto ao Dique.

Décima

Catona, Ginga, e Babu,
com outra pretinha mais
entraram nestes palhais,
não mais que a bolir c'o cu:
eu vendo-as, disse, Jesu,
que bem jogam as cambetas!
mas se tão lindas violetas
costuma Angola brotar,
eu hoje hei de arrebentar,
se não durmo as quatro Pretas.

[394]

A uma mulata apelidada Monteira que dava casa de alcouce.

Décima

Hoje em dia averiguou-se
(e aqui ninguém vos adula)
que dais, por mostrar-vos mula,
em lugar de couce alcouce:
por verdade isto assentou-se,
e eu também não vou contra ela,
antes sem contradizê-la,
quero sobre isto arguir,
que caça hei de descobrir
por Monteira, e por cadela.

184 [395]

A uma crioula por nome Inácia que lhe mandou para glosar o seguinte

MOTE
Para que seja perfeito
um bem feito cono em tudo,
há de ser alto, carnudo
rapadinho, enxuto, estreito.

1
Inácia, a vossa questão,
quem crerá, que é de uma preta,
mas vós sois preta discreta,
criada entre a discrição:
a proposta veio em vão,
pois a um tolo de mau jeito
tínheis vós proposto o pleito:
ele respondeu em grosso,
que o cono há de ser o vosso,
Para que seja perfeito.

2
Vós com tamanha tolice
ficastes soberba, e inchada,
porque vistes tão gabada
a proposta, e parvoíce:
mas quem, Inácia, vos disse,
que o vosso batido escudo
era macio, e carnudo,
se é tão magro, e pilhancrado,
devendo ser gordo, e inchado
Um bem feito cono em tudo:

3
Agora quero mostrar-vos,
que o vosso Mandu magriço
vos pôs um cono postiço
para efeito de louvar-vos:
hoje hei de desenganar-vos,
que o Mandu pouco sisudo
vos engana, e mente em tudo:
tendes raso, e esguio cono,
e para dar-se-lhe abono
Há de ser alto, carnudo.

4
Se o vosso cono há de ser
molde de cono melhor,
qualquer cono, que bom for,
nisso se bota a perder:
mas antes deve entender
todo o cono de bom jeito,
que para ser mais perfeito,
não há de imitar-vos já,
e desta sorte será
Rapadinho, enxuto, estreito.

185 [397]

A um sujeito, que lhe mandou um peru cego, e doente.

Décima

Mandou-me o filho da pu-
um peru cego, e doente,
cuidando, que no presente,
mandava todo o Peru:
alimpei com ele o cu,
e o botei na onda grata,
mas é tal o patarata,
e o seu louco desvario,
que vendo o peru no rio,
diz que é o Rio da Prata.

186 [400]
Definição de potências.

Letrilhas

Trique trique, zapete zapete.

O casado de enfadado
por não ter, a quem lhe aplique
anda já tão desleixado,
que inda depois de deitado
não faz senão trique trique.

O soldado de lampeiro,
quando chega ao batedouro,
vai lhe sacudindo o couro,
e com a força, que bate
faz trique zapete zapete.

O Frade, que tudo sabe,
e corre os caminhos todos,
vai dando por vários modos,
e olhando por toda a parte,
e faz trique zapete zapete.

187 [401]

A uma dama que estava sangrada.

Décimas

1
Estava Clóris sangrada,
e Fábio, que a visitava
com ver, que sangrada estava
lhe deu logo outra picada:
ela tão aliviada
ficou, que se ergueu da cama,
dizendo, bem haja a Dama
de Adônis, cuja virtude,
quando me pica em saúde,
eu me sangro, ele derrama.

2
Como na vida acenou,
onde habita a saudade,
extinta a má qualidade,
a enfermidade acabou:
nunca Galeno alcançou
nas sangrias, que me aplica,
quanto o ferro prejudica,
e eu curada com dieta
já sei, que pica a lanceta,
e somente sangra a pica.

3
Fábio me curou do mal,
que na cama lhe informei,

não com xarope de rei,
mas com régio cordial:
se se curar cada qual
somente com seu galante,
há de sarar num instante,
pois quando eu caio doentinha,
não hei mister mais meizinha,
que a meu Mano se levante.

[405]

A uma dama a quem não rendiam finezas.

Endechas

Sobre esta dura penha,
que repartida em rocas
contra o mar inimigo
quatro fileiras forma:

Dos mares combatida,
escalada das ondas,
incêndios de salitre
não rendem tanta força.

A rocha permanente
às ondas porfiosa,
cheio o mar de coragem
a penha de vitórias.

Não há um desengano
para fúrias tão loucas
de um elemento débil,
a quem o vento assopra.

Mas o curso dos dias,
e a carreira das horas,
que dão a todo o mundo
escarmento, e memória,

Hão de mostrar-lhe enfim,
que nas maiores forças

não há intento sisudo
com esperanças loucas.

Aqui pois onde o fado
me conduz, ou me arroja
a escrever desenganos
ao mar desde esta roca:

Quero queixar-me ao céu
nas cordas numerosas
de minha triste lira
já de queixar-me rouca.

Porque razão, pergunto,
a esfera luminosa
me fez tão semelhante
desta invencível roca?

A roca inexpugnável
reveste-se animosa
da pólvora dos ventos,
que dentro d'água estoura:

E eu também me resisto,
há mais de mil auroras
aos vaivéns da fortuna,
vários, como ela própria.

A penha incontrastável,
cada maré se molha,
e lava o branco pé
nas sucessivas ondas.

Eu também incansável
me lavo cada hora

no sucessivo pranto,
que me inunda, e me afoga.

As ondas à porfia
até ver se se prostra
firme de um penhasco
duro de uma rocha.

Também minha fortuna
tenaz, e porfiosa
insiste, em que se prostre
minha firmeza heróica.

Estribilho
Ó nunca semelhante
fora eu desta roca,
ó nunca foram tantos
nem tão fortes meus males
como as ondas.

189 [408]

A uma dama que se desviava de lhe falar.

MOTE
Busco, a quem achar não posso.

Décima

Amo sem poder falar,
morro, porque quero bem,
o calar morto me tem,
quero, mas quero calar:
porque enfim hei de penar
sendo toda vida vosso,
pois por mais que me alvoroço
largando as velas à fé,
morro, meu amor, porque
Busco, a quem achar não posso.

190 [408]

A uma dama que se mostrava para o Poeta toda desdenhosa, e cruel.

MOTE
Gileta siempre cruel,
mirame Piedosa un día,
pues saben todos, que matas,
sepan, que puedes dar vida.

1
Que diré de tu crueldad,
de tu rigor que diré,
Gileta, si no que fue
mi estrella, y fatalidad:
que eres mi estrella, es verdad,
pero tan mala, y infiel
no lo dirá mi pincel,
solo diré de sentido,
que para mi ruego has sido,
Gileta, siempre cruel.

2
Ni un solo día pudiste
perder tu fiero rigor,
que para perder mi amor
tu condición no perdiste:
si ni aún esto conseguiste
de la fe, y firmeza mía,
ociosa es la tiranía,
y pues no sierve a tu afecto
ser tirana sin efecto,
Mirame piedosa un día.

3
Si por matarme inhumana
te precias de rigorosa,
quien puede matar de hermosa,
no me mate de tirana:
y si a que más soberana
te sepan, los que maltratas,
tantas vidas desbaratas,
conocida tu inclemencia,
ya escusas la diligencia,
Pues saben todos, que matas.

4
Cuándo, a dar muertes te inclina
tu ser, humana te muestra,
que si a dar vidas te adiestra,
te acreditas por divina:
tu fama hace peregrina,
si eres, Gileta entendida,
y a todos, bella homicida,
muestra tu poder, de suerte,
que aquellos, a quien das muerte,
Sepan, que puedes dar vida.

191 [409]

Admirável expressão de amor mandando-se-lhe perguntar, como passava.

Soneto

Aquele não sei quê, que Inês te assiste
No gentil corpo, na graciosa face,
Não sei donde te nasce, ou não te nasce,
Não sei, onde consiste, ou não consiste.

Não sei quando, ou como arder me viste,
Porque Fênix de amor me eternizasse,
Não sei, como renasce, ou não renasce,
Não sei como persiste, ou não persiste.

Não sei como me vai, ou como ando,
Não sei, o que me dói, ou por que parte
Não sei, se vou vivendo, ou acabando.

Como logo meu mal hei de contar-te,
Se de quanto a minha alma está penando,
Eu mesmo, que o padeço, não sei parte.

192 [410]
A uma dama, que se recatava de pagar finezas.

Décimas

1
Filena: eu que mal vos fiz,
que sempre a matar-me andais,
uma vez, quando me olhais,
outra quando me fugis:
vi-vos, e logo vos quis
tão inseparavelmente,
que nem a vista ao presente
ao menos sabe dizer-me,
entre ver-vos, e render-me
qual foi primeiro acidente.

2
Vós sois tão esquiva, e tal,
que outras cousas não sabendo,
da vossa esquivança entendo,
que o meu amor me fez mal:
não cabe em meu natural
fugir, de quem me maltrata,
e se me sai tão barata
a vingança de querer-vos,
quero amar-vos, e sofrer-vos,
porque fiqueis mais ingrata.

3
Não sinto esta pena atroz,
que me fazeis padecer,

antes folgo de morrer,
vendo, que morro por vós:
e se com passo veloz
vejo a morte já chegar,
não sinto ver-me acabar,
sinto a glória, que vos cresce,
que uma ingrata não merece
a glória de me matar.

4
Vivam vossas esquivanças,
e vossa crueldade viva,
que a sem-razão de uma esquiva
acredita as esperanças:
tudo tem certas mudanças,
também se muda o rigor,
e se Amor me dá valor
para sofrer-vos, e amar-vos,
claro está, que hão de mudar-vos
firmezas do meu amor.

193 [412]

A uma dama que lhe pediu os cabelos.

Décima

Este cabello, que ahora
quieres, que el amor te dé,
teme, Nise, que tu fe
con el me sea traidora:
mas como el alma te adora,
obedecerte es razón,
que aún que sea otro Sansón
mirando a tus ojos bellos
perder no puedo en cabellos
las fuerzas del corazón.

194 [413]

A uma dama, que lhe mandou um registo de Santa Juliana que havia tirado por sortes em Santa Ana.

Décima

Não me maravilha não,
tirares hoje em Santa Ana
uma Santa Juliana,
e o touro por um grilhão:
porque a vossa devoção
é certo, que a meus adornos
decretou estes subornos,
para que veja a minha alma,
que por dar à Santa a palma,
me prende hoje pelos cornos.

[414]

A peditório de uma dama que se viu desprezada de seu amante.

Soneto

Até aqui blasonou meu alvedrio,
Albano, meu, de livre, e soberano,
Vingou-se, ai de mim triste! Amor tirano,
De quem padeço o duro senhorio.

E não só se vingou cruel, e impio
Com sujeitar-me ao jugo desumano
De bem querer, mas de querer-te, Albano,
Onde é traição a fé, e amor desvio.

Se te perdi, não mais que por querer-te,
Paga tão justa, quanto merecida,
Pois com amar não soube merecer-te.

De que serve uma vida aborrecida?
Morra, quem teve a culpa de perder-te:
Perca, quem te perdeu, também a vida.

[415]

Pintura admirável de uma beleza.

Soneto

Vês esse Sol de luzes coroado?
Em pérolas a Aurora convertida?
Vês a Lua de estrelas guarnecida?
Vês o Céu de Planetas adorado?

O Céu deixemos; vês naquele prado
A Rosa com razão desvanecida?
A Açucena por alva presumida?
O Cravo por galã lisonjeado?

Deixa o prado; vem cá, minha adorada,
Vês desse mar a esfera cristalina
Em sucessivo aljôfar desatada?

Parece aos olhos ser de prata fina?
Vês tudo isto bem? pois tudo é nada
À vista do teu rosto, Caterina.

[416]
Desaires da formosura com as pensões da natureza
ponderadas na mesma dama.

Soneto

Rubi, concha de perlas peregrina,
Animado Cristal, viva escarlata,
Duas Safiras sobre lisa prata,
Ouro encrespado sobre prata fina.

Este o rostinho é de Caterina;
E porque docemente obriga, e mata,
Não livra o ser divina em ser ingrata,
E raio a raio os corações fulmina.

Viu Fábio uma tarde transportado
Bebendo admirações, e galhardias,
A quem já tanto amor levantou aras:

Disse igualmente amante, e magoado:
Ah muchacha gentil, que tal serias,
Se sendo tão formosa não cagaras!

[417]

A uma dama que se encarecia de formosa por vender-se caro.

Soneto

Dizem, que é mui formosa Dona Urraca.
Quem o sabe, ou quem viu esta minhoca?
Poderá ter focinho de Taoca,
E parecer-me a mim uma macaca.

Hei de querê-la, sem ver-lhe a malaca
Em risco de estar podre a Sereroca?
E se ela acaso for galinha choca,
Como hei de dar por ela uma pataca?

A mim me tenham todos por velhaco
Se amar a tal fragona por capricho,
Sem primeiro revê-la até o buraco.

Que pode facilmente o muito lixo,
Por não limpar às vezes o mataco,
Terem-lhe os caxandés tapado o esguicho.

[418]

Sonho que teve com uma dama estando preso na cadeia.

Soneto

Adormeci ao som do meu tormento:
E logo vacilando a fantasia
Gozava mil portentos de alegria,
Que todos se tornaram sombra, e vento.

Sonhava, que gozava o pensamento
Com liberdade o bem, que mais queria,
Fortuna venturosa, claro dia;
Mas ai, que foi um vão contentamento!

Estava, Clóris minha, possuindo
Desse formoso gesto a vista pura,
Alegre glórias mil imaginando:

Mas acordei, e tudo resumindo,
Achei dura prisão, pena segura:
Ó se sempre estivera assim sonhando!

200 [422]

A uma dama que tinha um cravo na boca.

Décimas

1
Vossa boca para mim
não necessita de cravo,
que o sentirá por agravo
boca de tanto carmim:
o cravo, meu serafim,
(se o pensamento bem toca)
com ele fizera troca:
mas, meu bem, não aceiteis,
porque melhor pareceis,
não tendo o cravo na boca.

2
Quanto mais que é escusado
na boca o cravo: porque
prefere, como se vê
na cor todo o nacarado:
o mais subido encarnado
é de vossa boca escravo:
não vos fez nenhum agravo
ele de vos dar querela,
que menina, que é tão bela,
sempre tem boca de cravo.

201 [423]

A uma dama que lhe pediu um craveiro.

Décima

O craveiro, que dizeis,
não vo-lo mando, Senhora,
só porque não tem agora
o vaso, que mereceis:
porém se vós o quereis,
quando por vós eu me abraso,
digo em semelhante caso,
sem ser nisso interesseiro,
que vos darei o craveiro,
se vós me deres o vaso.

202 [425]
A umas saudades.

MOTE
Parti, coração, parti,
navegai sem vos deter,
ide-vos, minhas saudades
a meu amor socorrer.

1
Pelo mar do meu tormento,
em que padecer me vejo,
já que amante me desejo
navegue meu pensamento:
meus suspiros formem vento,
com que me faças ir ter,
onde me desejo ver,
e diga minha alma assi,
Parti, coração parti,
navegai sem vos deter.

2
Ide donde meu amor
apesar desta distância
nem há perdido a constância,
nem há admitido rigor:
antes mais superior
assim se quer exceder,
porém se desfalecer
em tantas adversidades,
Ide-vos minhas saudades
a meu amor socorrer.

[427]
Ao mesmo assunto.

Soneto

Devem de ter-me aqui por um Orate
Nascido lá na gema do Lubeque,
Ou por filho de algum triste Alfaqueque
Daqueles, que trabucam lá em Ternate.

Porque um me dá a glosar um desparate,
E quer, que se lhe imprima com crasbeque;
Outro vem entonando como um Xeque,
E fala pela língua de um mascate.

Anda aqui a poesia a todo o trote,
E de mim corre já como um lambique,
Não sendo eu destilador brichote.

Outro vem, que casou em Moçambique,
E vive co'a razão de vinho, e brote,
Que o Sogro deu, e o Clérigo Cacique.

204 [428]
Mulatinhas da Bahia.

MOTE
Vós dizeis, que arromba arromba:
não se arromba desse modo;
quem o tem apertadinho,
não o quer aberto logo.

1
Mulatinhas da Bahia,
que toda a noite em bolandas
correis ruas, e quitandas
sempre em perpétua folia,
porque andais nesta porfia,
com quem de vosso amor zomba?
eu logo vos faço tromba,
vós não vos dais por achado,
eu encruzo o meu rapado,
Vós dizeis arromba arromba.

2
Nenhum propósito tem,
o que dizeis, e o que eu faço,
que eu fujo do vosso laço,
e vós botais fora o trem:
e se eu o cubro tão bem,
e o tenho escondido todo,
de donde tirais o engodo
para arrombar, a quem zomba?
Vós cuidais, que assim se arromba?
Não se arromba desse modo.

3
É necessário, que eu queira,
e que vos diga, que sim,
que me ponha assim, e assim
a jeito, e em boa maneira:
que descubra a dianteira,
e entregando o passarinho
lho metais devagarzinho,
pois qualquer mulher se sente,
que entre de golpe, mormente
Quem o tem apertadinho.

4
A mulher fonte de enganos
por melhor aproveitar-se
começa hoje a desonrar-se,
e acaba de hoje a dez anos:
e já quando os desenganos
publicam com desafogo
ser mais quente do que o fogo,
não se deixa revolver,
e por mais virgos vender,
Não o quer aberto logo.

[430]
Fretei-me co'a tintureira.

MOTE
Duas horas o caralho.

Fretei-me co'a tintureira,
mas dizem os camaradas,
que peca pelas estradas,
porque é puta caminheira:
fui contudo à capoeira,
porque faminto do alho
quis dar de comer ao malho:
mas vi-lhe o cono tão mau,
que tive como mingau
Duas horas o caralho.

206 [431]
Manas, depois que sou freira.

MOTE
É do tamanho de um palmo
com dous redondos no cabo.

Décimas

1
Manas, depois que sou Freira
apoleguei mil caralhos,
e acho ter os barbicalhos
qualquer de sua maneira:
o do Casado é lazeira,
com que me canso, e me encalmo,
o do Frade é como um salmo
o maior do Breviário:
mas o caralho ordinário
É do tamanho de um palmo.

2
Além desta diferença,
que de palmo a palmo achei,
outra cousa, que encontrei,
me tem absorta, e suspensa:
é, que discorrendo a imensa
grandeza daquele nabo,
quando o fim vi do diabo,
achei, que a qualquer jumento
se lhe acaba o comprimento
Com dous redondos no cabo.

207 [432]

Com cachopinha de gosto.

MOTE
As excelências do cono
é ser bem grande, e papudo,
apertado, bordas grossas,
chupão, enxuto, e carnudo.

Décimas

1
Com cachopinha de gosto,
em cama de bom colchão,
nos peitinhos posta a mão,
e o pé no finca-pé posto:
ajuntar rosto com rosto,
dormir um homem seu sono,
acordar, calcar-lhe o mono
já quase ao gorgolejar,
então é o ponderar
As excelências do cono.

2
Eu na minha opinião,
segundo o meu parecer,
digo, que não há foder,
senão cono de enchemão:
porque um homem com Sezão,
inda sendo caralhudo,
meterá culhões, e tudo,
e assim mostra a experiência,

que do cono a excelência
É ser bem grande, e papudo.

3
É também conveniente,
que não tenha o parrameiro
a nota de ser traseiro,
e que seja um tanto quente:
que às vezes mui facilmente
são tais as misérias nossas,
que havemos mister as moças
para regalo da pica
com cono de pouca crica,
Apertado, bordas grossas.

4
Mas a maior regalia,
que no cono se há de achar,
pra que possa levar
dos conos a primazia
(este ponto me esquecia)
para ser perfeito em tudo,
é nunca se achar barbudo,
por dar bom gosto ao foder,
como também deve ser
Chupão, enxuto, e carnudo.

208 [434]
O muleiro, e o criado.

Mote
O Caralho do Muleiro
é feito de papelão,
arreita pelo inverno,
para foder no verão.

Décimas

Glosa

1
O Muleiro, e o Criado
tiveram grande porfia
sobre qual deles teria
mor membro, e mais estirado:
pôs-se o negócio em julgado,
e botando ao soalheiro
um, e outro membro inteiro,
às polegadas medido,
se viu, que era mais comprido
O caralho do Muleiro.

2
Disto Criado apelou,
e foi a razão, que deu,
que o membro então mais cresceu,
porque então mais arreitou:
logo alegou, e provou
não ser bastante razão

a polegada da mão
para vencer-lhe o partido,
que suposto que é comprido,
É feito de papelão.

3
Item sendo necessário,
disse mais, que provaria,
que se era papel, se havia
abaixar como ordinário:
que o membro era mui falsário
feito de um pobre quaderno,
tão fora do uso moderno,
que se uma Moça arreitada
lhe dá no verão entrada,
É para foder no inverno.

4
E que depois de se erguer,
é tão tardo, e tão ronceiro,
que há de mister o Muleiro
seis meses para o meter:
porque depois de já ter
aceso como um tição,
engana a putinha então,
pois pedindo a fornicasse,
lhe dizia, que esperasse
Para foder no verão.

209 [436]
O homem mais a mulher.

MOTE
O cono é fortaleza,
o caralho é capitão,
os culhões são bombardeiros
o pentelho é o murrão.

Décimas

1
O homem mais a mulher
guerra entre si publicaram,
porque depois que pecaram,
um a outro se malquer:
e como é de fraco ser
a mulher por natureza,
por sair bem desta empresa,
disse, que donde em rigor
o caralho é batedor,
O cono é fortaleza.

2
Neste Forte recolhidos
há mil soldados armados
à Custa de amor soldados,
e à força de amor rendidos:
soldados tão escolhidos,
que o General disse então,
de membros de opinião,
que assistem com tanto abono

na fortaleza do cono,
O caralho é capitão.

3
Aquartelaram-se então
com seu capitão caralho
todos no quartel do alho,
guarita do cricalhão:
e porque na ocasião
haviam de ir por primeiros,
além dos arcabuzeiros
os bombardeiros, se disse,
de que serve esta parvoíce?
Os culhões são bombardeiros.

4
Marchando por um atalho
este exército das picas,
toda a campanha das cricas
se descobriu de um carvalho:
quando o capitão caralho
mandou disparar então
ao bombardeiro culhão,
que se achou sem bota-fogo,
porém gritou-se-lhe logo,
O Pentelho é o murrão.

210 [439]
É meu damo tanto meu.

MOTE
Do meu Damo estou contente,
que diz, que por mim derrama
muitas lágrimas na cama,
não sei, se é assim ou se mente.

Décimas

Glosa

1
É meu Damo tanto meu,
e tão namorado está,
que facilmente me dá,
tudo quanto Deus lhe deu:
também o que tenho, é seu,
e assim reciprocamente
convém, que este amor se aumente,
e nesta igualdade enfim
se está contente de mim,
Do meu Damo estou contente.

2
Chora amante, e com verdade
vendo, e deixando de ver:
vendo chora com prazer;
não vendo com saudade:
nesta pois conformidade
cada qual de nós se inflama,
e eu com quem tão bem me ama,

quisera no mesmo estilo,
que em mim derramara aquilo,
Que diz, que por mim derrama.

3
É tenro, amoroso, e brando,
sendo no trabalho duro,
e se com queixas o apuro,
dá satisfações chorando:
de sorte que vive amando,
e diz, que tanto se inflama,
que ele só sente, e derrama,
e que ele só pena, e adora,
que chora na grade, e chora
Muitas lágrimas na cama.

4
Chora de noite, e de dia
sempre a agradar-me disposto
lágrimas, que me dão gosto,
porque nascem de alegria:
de sorte que eu chore, ou ria,
sempre me faz só contente,
e quando estas ânsias sente,
diz, que estas lágrimas são
sangue do seu coração,
Não sei, se é assim ou se mente.

211 [441]

C'o cirro nos entrefolhos.

MOTE
Ó meu pai, tu qués, que eu morra?

Décimas

1
C'o cirro nos entrefolhos
se queixava um negro cono
de ver, lhe fincava o mono
o fodedor dos antolhos:
e revirando-lhe os olhos
dizia a puta cachorra,
desencaixa um pouco a porra,
eu venho a regalar-me,
e tu fodes a matar-me?
Ó meu Pai, tu qués, que eu morra?

2
Fretei uma negra mina
e fodendo-a todo o dia
a coitada não podia
porém era puta fina:
a porra nela se inclina
inclino com força a porra,
e forcejando a cachorra
ela me disse esperai,
e eu lhe disse chegai,
Ó meu Pai, tu qués, que eu morra?

[442]
Necessidades forçosas da natureza humana.

Soneto

Descarto-me da tronga, que me chupa,
Corro por um conchego todo o mapa,
O ar da feia me arrebata a capa,
O gadanho da limpa até a garupa.

Busco uma Freira, que me desentupa
A via, que o desuso às vezes tapa,
Topo-a, topando-a todo o bolo rapa,
Que as cartas lhe dão sempre com chalupa.

Que hei de fazer, se sou de boa cepa,
E na hora de ver repleta a tripa,
Darei, por quem ma vaze toda Europa?

Amigo, quem se alimpa da carepa,
Ou sofre uma muchacha, que o dissipa,
Ou faz da sua mão sua cachopa.

[443]

Assunto que uma dama mandou ao Poeta.

Décimas

1
Quisera, Senhor Doutor,
uma informação, e é,
que me deram junto ao que,
(do cu dissera melhor)
um golpe de tal rigor,
que passo mui maltratada
por me ver ali cortada:
quero me mande dizer,
que remédio pode ter
junto do cu cutilada.

2
Anda aqui um Surgião
Fulano Lopes Monteiro,
que dizem para o traseiro
tem ele mui boa mão:
quisera saber então,
pois vivo tão desviada,
e como serei curada
por uma sua receita,
ficando sempre sujeita
a Dama da cutilada.

214 [444]
Resposta do Poeta.

Décimas

1
Senhora Dona formosa,
li a de vossa mercê
com a cutilada, que
a traz tanto desgostosa:
a ferida é mui danosa,
e não é para cheirada,
traga-a sempre abotoada,
que é, o que mais lhe convém,
pois nunca curou ninguém
junto do cu cutilada.

2
Vi sarar dez mil feridas,
e muitas tão desestradas,
que por serem bem rasgadas,
lhes chamavam desabridas:
sarar cabeças fendidas,
toda uma cara amassada,
rota uma perna, e escalada,
um braço, e outra cousa assi,
porém sarar nunca vi
junto do cu cutilada.

3
Causa grande admiração,
como em tal parte a cascou,
só se dormindo a apanhou,

ou estirada no chão:
esta é minha presunção,
que para ali ser cortada
devia estar estirada
com as pernas para o ar,
quando lhe foram cascar
junto do cu cutilada.

4
Mas se estava conversando
zainamente, e par a par,
deviam de lha cascar
a barriga assovelhando:
que por juntas lhas meter
uma, e outra punhalada
teve a mão tão assentada,
que o contrário resvelando
de muitas veio a fazer
junto do cu cutilada.

5
Há feridas do diabo,
e de si muito nojentas,
porém as mais fedorentas
são, as que estão junto ao rabo:
eu tal ferida não gabo
por ser em parte arriscada,
que em que seja seringada,
como a parte é tão reimosa,
é sempre mui perigosa
junto do cu cutilada.

6
Algumas vezes curei
com ovos tão grandalhões,

que pareciam culhões,
mas debalde me cansei:
com mecha lhos encaixei,
que entrava tão ajustada,
que ia algum tanto apertada:
mas era cansar-me em vão,
porque ovos não curam não
junto do cu cutilada.

7
Toda a ferida se ajunta:
porém esta, que se afasta,
é ferida de má casta,
que mesmo se desconjunta:
o óleo, com que se unta,
tenho por cousa baldada,
que como não é ligada
a cura na parte bem,
não pode sarar também
junto do cu cutilada.

8
Para se poder curar,
hão de se as pernas abrir:
começando a dividir
como se pode soldar?
também devem reparar,
que vai dentro prefundada,
e se não for seringada,
também pode apodrecer:
pois que remédio há de ter
junto do cu cutilada?

9
Tenho dito em português,
que se não pode curar,

inda que se esgote amar,
porque não falo francês:
a ferida que se fez,
é em tão má parte dada,
que toda a cura é baldada,
e assim digo em conclusão,
que não há, quem cure não
junto do cu cutilada.

10
Mas eu tenho para mim,
para que dela não morra,
que lhe unte sebo de porra,
ou sumo de parati:
porque já enferma vi
com semelhante golpada
ficar muito consolada,
que a experiência mostrou,
que curar ninguém tratou
junto do cu cutilada.

215 [449]

Queixas da sua mesma verdade.

Ovilhejo

1
Quer-me mal esta cidade   pela verdade,
Não há, quem me fale, ou veja   de inveja,
E se alguém me mostra amor   é temor.
  De maneira, meu Senhor,
  que me hão de levar a palma
  meus três inimigos d' alma
  Verdade, Inveja, e Temor.

2
Ó quem soubera as mentiras   do Milimbiras,
Fora aqui senhor do bolo   como tolo,
E feito tolo, e velhaco   fora um caco.
  Meteria assim no saco
  servindo, andando, e correndo
  as ligas, que vão fazendo
  Milimbiras, Tolo, e Caco.

3
Tirara cinzas tiranas   das bananas,
Outro se os meus dez réis   de pastéis,
E porque isento não fosse   até do doce.
  Teria assim, com que almoce
  o meu amancebamento,
  pois lhe basta por sustento
  Bananas, Pastéis, e Doce.

4
Prendas, que a empenhar obrigo   pelo amigo,
Dobrar-lhe eu o valor   e primor,
Cobrando em dous bodegões   os tostões.
  E seus donos asneirões
  ao desfazer da moeda
  perdem da mesma assentada
  Amigo, Primor, Tostões.

5
Ao jimbo, que se lhe conta   bota conta,
E já por amigo vejo   sem ter pejo,
Pois lhe tira de corrida   a medida.
  Mas verdadeira, ou mentida
  a conta ajustada vem,
  sendo um homem, que não tem,
  Conta, Pejo, nem Medida.

6
Dever-me-ão camaradas   mil passadas,
E o triste do companheiro   o dinheiro,
E à conta das minhas brasas   as casas.
  Assim lhe empatara as vazas,
  pois o mesmo, que eu devia,
  por força me deveria
  Passadas, Dinheiro, e Casas.

216 [451]
Vem, que estou para tas dar.

MOTE
Dá-mas, Mana, que tas dou,
que tas estou esperando,
mete-me a língua na boca,
enquanto tas estou dando.

Décimas

1
Vem, que estou para tas dar,
chega-te, vida, que morro,
necessito de socorro,
não me queiras acabar:
estou já para estalar,
não me ajudas, por quem sou?
que para tas dar estou:
pois que é isto? tanto tardas?
acaba, vida, que aguardas?
Dá-mas, Mana, que tas dou.

2
Meu coração, que me abraso,
morro com tão lindo gosto,
que em perigo me tem posto
gosto de tão lindo vaso:
vê, que se vêm passo a passo
estas lágrimas chegando:
dize, meu bem, para quando,
hão de ser? olha, que vem,
acaba, dá-mas, meu bem,
Que tas estou dando.

3
Acrescenta o excessivo,
para o gosto acrescentar,
não queiras, vida, matar,
a quem morre, estando vivo:
e se em modo tão esquivo
o gosto sempre se apouca,
por que seja igual a troca,
que fazemos neste caso,
pois tens o membro no vaso,
Mete-me a língua na boca.

4
Hás, pois, vida, de advertir,
que em modo tão sublimado
se acha menos desmaiado,
quem mais se deixa dormir:
para mais tempo sentir,
o que estamos trabalhando,
quisera, vida, que quando
me canso para tas dar,
nunca quisera acabar,
Enquanto tas estou dando.

217 [453]

Ao casamento de um sujeito valente com uma Helena de tal.

MOTE
Uma Helena por garbosa
Páris troiano a roubou:
porém Miguel conquistou
outra Helena mais formosa.

1
Dous monstros a Roma bela
deram princípio e mofina,
uma casada a ruína,
o princípio uma donzela:
uma troiana, uma estrela,
um sol, um raio, uma rosa
abrasou Troia formosa;
porém há de se entender
não por sol qualquer mulher
Uma Helena por garbosa.

2
Páris troaino Juiz,
que no monte Ida se achou,
o pomo a Vênus julgou
por mais bela, e mais feliz:
a Juno Deusa infeliz
tanto ofendeu, e irritou,
e tanto a Deusa forjou,
que tentando-o, a que roubasse
a Helena, e Troia abrasasse,
Páris Troiano a roubou.

3
Hoje melhor imitada
vemos de Páris a pena,
Páris perdeu pela pena,
Miguel ganhou pela espada:
pela fidalguia herdada,
pela riqueza, que herdou,
Miguel a Helena ganhou;
Páris amante descalço,
perdeu por roubar de falso,
Porém Miguel conquistou.

4
Miguel ditoso se alista
por conquistador do amor,
serviu, ganhou uma Flor,
e está senhor da conquista:
Páris julgando a revista
civil, e contenciosa
de uma, e Outra Deusa irosa
teve uma Helena roubada,
mas a Miguel foi julgada
Outra Helena mais formosa.

218 [455]
Definição do amor.

Romance

Mandai-me, Senhores hoje
que em breves rasgos descreva
do Amor a ilustre prosápia,
e de Cupido as proezas.

Dizem, que da clara escuma,
dizem, que do mar nascera,
que pegam debaixo d'água,
as armas, que Amor carrega.

Outros, que fora ferreiro
seu Pai, onde Vênus bela
serviu de bigorna, em que
malhava com grã destreza.

Que a dous assopros lhe fez
o fole inchar de maneira,
que nele o fogo acendia,
nela aguava a ferramenta.

Nada disto é, nem se ignora,
que o Amor é fogo, e bem era
tivesse por berço as chamas
se é raio nas aparências.

Este se chama Monarca,
ou Semideus se nomeia,

cujo céu são esperanças,
cujo inferno são ausências.

Um Rei, que mares domina,
um Rei, o mundo sopeia,
sem mais tesouro, que um arco,
sem mais arma, que uma seta.

O arco talvez de pipa,
a seta talvez de esteira,
despido como um maroto,
cego como uma Topeira.

Um maltrapilho, um ninguém,
que anda hoje nestas eras
com o cu à mostra, jogando
com todos a cabra-cega.

Tapando os olhos da cara,
por deixar o outro alerta
por detrás à italiana,
por diante à portuguesa.

Diz, que é cego, porque canta,
ou porque vende gazetas
das vitórias, que alcançou
na conquista das finezas.

Que vende também folhinhas
cremos por cousa mui certa,
pois nos dá os dias santos,
sem dar ao cuidado tréguas;

E porque despido o pintam,
é tudo mentira certa,

mas eu tomara ter junto
o que Amor a mim me leva.

Que tem asas com que voa
e num pensamento chega
assistir hoje em Cascais
logo em Coina, e Salvaterra.

Isto faz um arrieiro
com duas porradas tesas:
e é bem, que no Amor se gabe,
o que o vinho só fizera!

E isto é Amor? é um corno.
Isto é Cupido? má peça.
Aconselho, que o não comprem
ainda que lhe achem venda.

Isto, que o Amor se chama,
este, que vidas enterra,
este, que alvedrios prostra,
este, que em palácios entra:

Este, que o juízo tira,
Este, que roubou a Helena,
este, que queimou a Troia,
e a Grã-Bretanha perdera:

Este, que a Sansão fez fraco,
este, que o ouro despreza,
faz liberal o avarento
é assunto dos Poetas:

Faz o sisudo andar louco,
faz pazes, ateia a guerra,

o Frade andar desterrado,
endoudece a triste Freira.

Largar a almofada a Moça,
ir mil vezes à janela,
abrir portas de cem chaves,
e mais que gata janeira.

Subir muros, e telhados,
trepar cheminés, e gretas,
chorar lágrimas de punhos
gastar em escritos resmas.

Gastar cordas em descantes,
perder a vida em pendências,
este, que não faz parar
oficial algum na tenda.

O Moço com sua Moça,
o Negro com sua Negra,
este, de quem finalmente
dizem, que é glória, e que é pena.

É glória, que martiriza,
uma pena, que receia,
é um fel com mil doçuras,
favo com mil asperezas.

Um antídoto, que mata,
doce veneno, que enleia,
uma discrição sem siso,
uma loucura discreta.

Uma prisão toda livre,
uma liberdade presa,

desvelo com mil descansos,
descanso com mil desvelos.

Uma esperança, sem posse,
uma posse, que não chega,
desejo, que não se acaba,
ânsia, que sempre começa.

Uma hidropisia d'alma,
da razão uma cegueira,
uma febre da vontade
uma gostosa doença.

Uma ferida sem cura,
uma chaga, que deleita,
um frenesi dos sentidos,
desacordo das potências.

Um fogo incendido em mina,
faísca emboscada em pedra,
um mal, que não tem remédio,
um bem, que se não enxerga.

Um gosto, que se não conta,
um perigo, que não deixa,
um estrago, que se busca,
ruína, que lisonjeia.

Uma dor, que se não cala,
pena, que sempre atormenta,
manjar, que não enfastia,
um brinco, que sempre enleva.

Um arrojo, que enfeitiça,
um engano, que contenta,

um raio, que rompe a nuvem,
que reconcentra a esfera.

Víbora, que a vida tira
àquelas entranhas mesmas,
que segurou o veneno,
e que o mesmo ser lhe dera.

Um áspide entre boninas,
entre bosques uma fera,
entre chamas Salamandra,
pois das chamas se alimenta.

Um basalisco, que mata,
lince, que tudo penetra,
feiticeiro, que adivinha,
marau, que tudo suspeita.

Enfim o Amor é um momo,
uma invenção, uma teima,
um melindre, uma carranca,
uma raiva, uma fineza.

Uma meiguice, um afago
um arrufo, e uma guerra,
hoje volta, amanhã torna,
hoje solda, amanhã quebra.

Uma vara de esquivanças,
de ciúmes vara e meia,
um sim, que quer dizer não,
não, que por sim se interpreta.

Um queixar de mentirinha,
um folgar muito deveras,

um embasbacar na vista,
um ai, quando a mão se aperta.

Um falar por entre dentes,
dormir a olhos alerta,
que estes dizem mais dormindo,
do que a língua diz discreta.

Uns temores de mal pago,
uns receios de uma ofensa
um dizer choro contigo,
choromingar nas ausências.

Mandar brinco de sangrias,
passar cabelos por prenda,
dar palmitos pelos Ramos,
e dar folar pela festa.

Anel pelo São João,
alcachofras na fogueira,
ele pedir-lhe ciúmes,
ela sapatos, e meias.

Leques, fitas, e manguitos,
rendas da moda francesa,
sapatos de marroquim,
guarda-pé de primavera.

Livre Deus, a quem encontra,
ou lhe suceder ter Freira;
pede-vos por um recado
sermão, cera, e caramelas.

Arre lá com tal amor!
isto é amor? é quimera,

que faz de um homem prudente
converter-se logo em besta.

Uma bofia, uma mentira
chamar-lhe-ei mais depressa,
fogo salvaje nas bolsas,
e uma sarna das moedas.

Uma traça do descanso,
do coração bertoeja,
sarampo da liberdade,
caruncho, rabuge, e lepra.

É este, o que chupa, e tira
vida, saúde, e fazenda,
e se hemos falar verdade
é hoje o Amor desta era.

Tudo uma bebedice,
ou tudo uma borracheira,
que se acaba c'o dormir,
e c'o dormir se começa.

O Amor é finalmente
um embaraço de pernas,
uma união de barrigas,
um breve tremor de artérias.

Uma confusão de bocas
uma batalha de veias,
um rebuliço de ancas,
quem diz outra coisa, é besta.

219 [465]

Indo o Poeta, e Gonçalo Ravasco à casa de Betica e querendo tratar com ela lhe pediu uma gala de antemão.

Romance

Fui, Betica, à vossa casa
uma noite de luar
entrei com Senhor Gonçalo,
e saí com Barrabás.

Propus-vos minha doença,
comuniquei-vos meu mal,
receitastes-me um veneno
com matar-vos ofertar.

Logo entendi o remoque,
e que fiz, vos lembrará,
cara, como de quem prova
cousa, que lhe sabe mal.

Contudo tive paciência,
que, a quem saúde não há,
morre às vezes do remédio,
mais que do seu próprio mal.

Assentei de obedecer-vos,
e pus-me a considerar,
onde uma gala acharia
em tempo, que ovos não há.

Fiei-me no mercador,
que por fiar fiará

as sedas, que heis de vestir,
no roca de Portugal.

Mas tornando ao vosso conto
creio, que se há de notar,
que por pedires diante
vós quereis dar por detrás.

Que diante a luz caminhe,
diz o antigo rifão: mas
como a posso levar eu,
se o que quero, é tropeçar.

O que eu quisera, Betica,
é, convosco me encontrar,
que assim no escuro caíra,
quem com luz não cairá.

Eu quero convosco amores,
rinhas não, e claro está,
que dar, e tomar são rinhas,
de que Deus me há de livrar.

Dizem, que sais trigueirinha,
juro, o que posso jurar,
que mente, quem tal afirma,
porque vós bem clara estais.

Contudo torno a dizer-vos
que tenho de vos mandar
tão grande luz adiante,
que cegueis, e me caiais.

Entretanto só vos peço,
não queirais acrescentar

barrete de quatro cornos
com trezentos cornos mais.

Porque vos quero já tanto,
que a vida me há de custar,
ver chupar outras abelhas
flor, que sempre em flor está.

[467]

A medida para o malho.

MOTE
Não quero mais do que tenho.

Décima

A medida para o malho
pela taxa da Cafeira,
que tem do malho a craveira,
são dous palmos de caralho:
não quer nisto dar um talho,
e eu zombo do seu empenho,
pois tendo um palmo de lenho,
com que outras putas desalmo,
inda que tenho um só palmo,
Não quero mais do que tenho.

221 [468]
Nasce a rosa, e nasce a flor.

MOTE
Para que nasceste, rosa,
se tão depressa acabaste,
nasces na manhã triunfante,
morres despojo de tarde.

Décimas

1
Nasce a rosa, e nasce a flor
de tanta cor matizada,
quando se vê desmaiada
triste sem vida, e sem cor:
tudo quanto no candor
se ostentava majestosa,
então menos venturosa
perde toda a louçania,
e para brilhar um dia
Para que nasceste Rosa?

2
Se por nascer tão subida
perde a rosa a perfeição,
enquanto a rosa em botão
mais se lhe dilata a vida:
nessa pompa já perdida,
com que, rosa, te enfeitaste,
vendo o pouco que duraste,
da vida foste um nonada,

nem foste rosa, nem nada,
Se tão depressa acabaste.

3
Se na manhã encarnada
te julgas perfeita rosa,
olha o lustre de formosa
como o perdes desmaiada:
quem te viu na madrugada
entre as mais flores reinante,
que na tarde não se espante,
quando murcha assim te vê!
dize, rosa, para que
Nasces de manhã triunfante.

4
Se como rosa nasceste
com tão galhardo valor,
como rosa, e como flor
a pompa, e garbo perdeste:
se tanto te engrandeceste,
como te mostras cobarde,
pois quando fazendo alarde
de te ver tão majestosa,
por ver-te na manhã rosa,
Morres despojo de tarde.